suhrkamp taschenbuch 2237

»Truman Capote ist wohl der sensibelste unter den jungen amerikanischen Dichtern. Er läßt diese Geschichte den Wind erzählen, den Herbstwind, der auf der Harfe des dürren Präriegrases spielt, irgendwo in den Südstaaten. Die Figuren könnten aus Wilders *Kleiner Stadt* geholt sein: die beiden alten, merkwürdigen Schwestern, ihre farbige Dienerin, der Richter, der bullige Sheriff, die jungen Leute, die zigeunerhafte ›Schwester Ida‹ mit ihren zahllosen Kindern«, so schrieb die *Hannoversche Presse* über dieses »Stück vollkommene Poesie«, wie *Harry Neumann (Der Tag, Berlin) Die Grasharfe* auszeichnete, für ihn »ein Gewebe aus Bildern, ein reiner Klang aus Herztönen schlichter Menschen, ein ergreifender Gesang von der Schönheit und der Trauer – eine perfekte Erzählung«.

Truman Capote, geboren 1924 in New Orleans, wurde schon mit zwanzig als literarische Entdeckung gefeiert. Seine Werke wie z. B. *Frühstück bei Tiffany* und *Kaltblütig* zeichnen ihn als einen der wichtigsten Autoren des 20. Jarhunderts aus. Er starb 1983 in Los Angeles.

Truman Capote
Die Grasharfe

Roman

Aus dem Amerikanischen
von Annemarie Seidel
und Friedrich Podszus

Suhrkamp

Titel der amerikanischen Originalausgabe:
The Grass Harp. Random House, Inc. New York 1951
Umschlag: Hermann Michels
Foto: Mauritius/Kugler

suhrkamp taschenbuch 2237
Erste Auflage dieser Ausgabe 1993

Druck: Ebner Ulm
Printed in Germany

1 2 3 4 5 6 – 98 97 96 95 94 93

Die Grasharfe

I

Wann war es, daß ich zum ersten Male von der Grasharfe hörte? Lange vor jenem Herbst, als wir im Paternosterbaum lebten, also in einem früheren Herbst, und es war natürlich Dolly, die mir davon erzählte; niemand sonst hätte diesen Namen finden können: die Grasharfe.

Wenn du auf dem Kirchweg aus der Stadt hinausgehst, wirst du bald einen auffallenden Hügel mit knochenbleichen Tafeln und melancholisch wuchernden Blumen entdecken – das ist der Friedhof der Baptisten. Unsere Leute, die Talbos, die Fenwicks, sind dort begraben. Meine Mutter liegt neben meinem Vater, und die Gräber der Verwandten, zwanzig oder mehr, umgeben sie wie die eingesunkenen Wurzeln eines versteinerten Baumes. Unterhalb des Hügels ist ein Feld von hohem Präriegras, dessen Farbe mit den Jahreszeiten wechselt. Im Herbst, im späten September gehe ich hin, um es zu sehen, wenn es sich rötet wie die untergehende Sonne, wenn Scharlachschatten wie ein Glutschein darüberhuschen und die Herbstwinde seufzend aus seinen dürren Halmen Menschentöne locken – eine Harfe von Stimmen.

Jenseits des Feldes beginnt die Düsternis der Flußwälder. Es muß an solch einem Septembertag gewesen sein, als wir in den Wäldern Wurzeln sammelten, daß Dolly sagte: »Hörst du's? Das ist die Grasharfe, die immer eine Geschichte erzählt – sie weiß die Geschichten aller Leute dort vom Hügel, aller, die jemals lebten, und wenn wir tot sind, wird sie auch die unsere erzählen.«

Nach dem Tod meiner Mutter brachte mich mein Vater, ein Reisender, bei seinen Kusinen unter, Verena und Dolly Talbo, zwei unverheirateten Damen, die Schwestern waren. Vorher war mir nicht erlaubt gewesen, ihr Haus zu betreten. Aus Gründen, die nie ganz deutlich wurden, verkehrten Verena und mein Vater nicht miteinander. Möglicherweise hatte Papa einmal Geld von Verena entleihen wollen, und sie hatte das abgelehnt; oder vielleicht hatte sie ihm welches geliehen, und er gab es nie zurück. Man konnte ziemlich sicher sein, daß die Verstimmung vom Geld herrührte, denn an nichts lag ihnen so viel wie an Geld, besonders Verena, die die reichste Frau der Stadt war. Der Drugstore, der Konfektionsladen, eine Tankstelle, ein Kolonialwarengeschäft, ein Bürohaus, alles gehörte ihr, und das zusammenzubringen hatte sie nicht gerade leichtlebiger gemacht.

Jedenfalls, Papa sagte, er würde ihr Haus nicht betreten. Er erzählte ganz schreckliche Dinge über die Damen Talbo. Eine der von ihm verbreiteten Geschichten, daß Verena Morphinistin sei, verstummte niemals, und der Hohn, den er über Miß Dolly Talbo ausgoß, war selbst meiner Mutter zuviel – sie meinte, er solle sich schämen, einen so gütigen und unbescholtenen Menschen derart zu verspotten.

Ich glaube, sie liebten sich sehr, mein Vater und meine Mutter. Jedesmal, wenn er verreiste, um seine Kühlschränke zu verkaufen, brach sie in Tränen aus. Er heiratete sie, als sie sechzehn war; sie hat ihr dreißigstes Jahr nicht erlebt. An dem Nachmittag, als sie starb, riß sich Papa alle Kleider vom Leib und rannte nackt in den Hof, laut ihren Namen schreiend.

Am Tag nach dem Begräbnis kam Verena ins Haus. Ich entsinne mich des Schreckens, mit dem ich sie den Weg heraufkommen sah, eine gertenschlanke, passable Frau mit schindelartig geschichtetem meliertem Haar, mit schwarzen, beinahe männlichen Augenbrauen und einem zierlichen Mal auf der Wange. Sie öffnete die Haustür und trat geradeswegs in den Korridor. Seit dem Begräbnis hatte Papa

Dinge zerschlagen, nicht aus Wut, sondern ruhig und bedachtsam. So trottete er, beispielsweise, in das Wohnzimmer, nahm eine chinesische Figur in die Hand, sann eine Zeitlang über sie nach und warf sie gegen die Wand. Der Flur und die Treppen waren übersät mit zerschmettertem Glas und zerbeulten Silbergegenständen. Ein zerfetztes Nachthemd meiner Mutter hing über dem Geländer.

Verenas Blick schoß über das Trümmerfeld. »Eugen, ich wünsche dich zu sprechen«, sagte sie in einem überlegenen, kalt prononcierten Ton, und Papa antwortete: »Ja, setze dich, Verena. Ich wußte, daß du kommen würdest.«

Am gleichen Nachmittag kam Dollys Freundin Catherine Creek herüber und packte meine Kleider, und Papa fuhr mich zu dem eindrucksvollen, düsteren Haus an der Talbostraße. Als ich aus dem Wagen stieg, versuchte er mich zu umfassen, aber ich war durch ihn eingeschüchtert und wand mich aus seinen Armen. Jetzt tut es mir leid, daß wir uns nicht umarmten. Denn ein paar Tage später, auf seinem Weg hinauf nach Mobile, schleuderte sein Wagen und stürzte aus hundertfünfzig Metern Höhe hinunter in den Golf. Als ich ihn wiedersah, lagen Silberdollars auf seinen Augenlidern.

Bis dahin hatte mir – außer der Bemerkung, ich sei klein für mein Alter, ein Zwerg – niemand irgendwelche Beachtung gezollt; aber jetzt zeigten die Leute auf mich und sagten: »Ist das nicht traurig? Dieser arme kleine Collin Fenwick!« Ich versuchte, bedauernswert auszusehen, denn ich wußte, das mochten die Leute; jedermann in der Stadt bedachte mich mit Limonade oder einer Schachtel Feuerwerk, und in der Schule bekam ich zum ersten Male gute Noten. Es dauerte eigentlich lange, ehe ich mich so weit beruhigte, um Dolly Talbo zu bemerken.

Und als das geschah, war ich ihr in Liebe zugetan.

Man stelle sich vor, was es zunächst für sie bedeuten mußte, als ich, ein lauter und neugieriger Junge von elf Jahren, ins Haus kam. Sie flüchtete vor dem Lärm meiner Schritte, und wenn sie mir gar nicht ausweichen konnte, schloß sie sich wie die Blätter empfindsamen Farns. Sie gehörte zu jenen Menschen, die sich selbst in einen Gegenstand im Zimmer, in einen Schatten im Winkel verwandeln können, und deren Vorhandensein dann eine köstliche Entdeckung ist. Ihre Schritte waren lautlos, sie trug strenge, jüngferliche Kleider, deren Säume bis zu den Knöcheln gingen. Obgleich sie älter als ihre Schwester war, hatte man den Eindruck, sie sei, genau wie ich, von Verena adoptiert. Angezogen und gelenkt von der Schwerkraft des Planeten Verena, kreisten wir jeder für sich in der Ekliptik des Hauses.

Auf dem Dachboden, einer liederlichen Ansammlung von ausrangiertem Kram aus Verenas Läden, waren eine Anzahl loser Dielenbretter, und wenn ich sie zollweise verrückte, konnte ich fast in jedes Zimmer hinuntersehen, Dollys Zimmer, im Unterschied zum übrigen Haus, das mit schweren, pompösen Möbeln vollgestopft war, enthielt nur ein Bett, einen Sekretär und einen Sessel; eine Nonne hätte darin leben können, bis auf das eine: alles, die Wände, sogar der Fußboden waren in einem altmodischen Rosa gemalt. Wenn ich Dolly nachspionierte, fand ich sie gewöhnlich über zwei Beschäftigungen: entweder stand sie vor dem Spiegel und schnippelte mit einer Gartenschere an ihrem ohnehin schon kurzen weißgelben Haar herum, oder sie schrieb mit Bleistift auf einer Schreibunterlage aus rauhem Kreppapier. Sie befeuchtete den Bleistift mit der Zungenspitze, und manchmal sprach sie den Satz, den sie notierte, laut vor sich hin: »Essen Sie keine Süßigkeiten wie Kandiszucker, und Salz wird Sie bestimmt umbringen.« Ich will es verraten, sie schrieb Briefe. Diese Korrespondenz war zunächst ein Rätsel für mich. Genau genommen war ihre einzige Freundin Catherine Creek; niemals sah sie jemand anderen, und nie verließ sie das Haus, ausgenommen einmal in der Woche, wenn sie mit Catherine in die Flußwälder ging, um die Kräuter zu einer Arznei zu sammeln, die sie braute und auf Fläschchen füllte. Später entdeckte ich, daß sie im ganzen Staat Kunden für diese Medizin hatte, und an diese waren ihre vielen Briefe gerichtet.

Verenas Zimmer, das durch einen Gang mit dem von Dolly verbunden war, war wie ein Büro eingerichtet. Da stand ein Schreibpult mit Rolladen und eine ganze Bibliothek von Geschäftsbüchern und Registraturordnern. Nach dem Abendessen saß sie, die Augen von einem grünen Schirm beschattet, an ihrem Pult, rechnete Zahlenreihen zusammen und blätterte in ihren Kontobüchern, bis die Straßenlaternen erloschen. Obgleich Verena mit vielen Leuten diplomatisch geschickt verkehrte, hatte sie eigentlich keine nahen Freunde. Männer hatten Angst vor ihr, und sie selbst schien Angst vor Frauen zu haben. Einmal vor Jahren wurde sie von einem blonden, hübschen Mädchen namens Maudie Laura Murphy gefesselt, die kurze Zeit im Postamt arbeitete und die schließlich einen Spirituosenhändler aus St. Louis heiratete. Verena war darüber sehr erbittert gewesen und behauptete in aller Öffentlichkeit, der Mann sei nicht seriös. Um so erstaunlicher war es, daß sie dem Paar eine Hochzeitsreise ins Grand Canyon schenkte. Maudie und ihr Mann kamen niemals zurück; sie eröffneten eine Tankstelle beim Grand Canyon und sandten Verena von Zeit zu Zeit Photos von sich. Diese Bildchen waren eine Freude und ein Kummer. Es gab Nächte, in denen sie ihre Kontobücher nicht aufschlug, sondern über den auf ihrem Pult verstreuten Bildchen saß, die Stirn in die Hände gestützt. Nachdem sie sie fortgeräumt hatte, ging sie, bei abgedrehtem Licht, im Zimmer auf und ab; und plötzlich konnte man ein wundes und heiseres Aufschluchzen hören, als ob sie in der Dunkelheit gestrauchelt und gefallen wäre.

Der Teil des Dachbodens, von dem aus ich die Küche hätte überblicken können, war gegen meine Neugier gesichert, denn dort waren Koffer und Baumwollballen aufgestapelt. Damals war es gerade die Küche, die ich auskundschaften wollte; sie war das eigentliche Wohnzimmer des Hauses, und dort verbrachte Dolly den größten Teil des Tages im Geplauder mit ihrer Freundin Catherine Creek. Als Waisenkind war Catherine Creek an Mr. Uriah Talbo verdingt worden, und sie und die Talboschwestern waren zusammen aufgewachsen auf einer alten Farm, die später ein Eisenbahndepot wurde. Sie nannte Dolly Dollyherz, doch Verena nur »Jene«. Sie wohnte im Hinterhof in einem mit silbrigem Blech gedeckten Häuschen inmitten von Sonnenblumen und Bohnenstangen. Die Leute zwinkerten sich zu, wenn sie sich für eine Indianerin ausgab, denn sie war so schwarz wie die Engel Afrikas. Ich weiß nicht, ob es nicht doch die Wahrheit war. Sie kleidete sich jedenfalls wie eine Indianerin. Sie trug nämlich eine Kette von Türkisperlen und hatte so viel Rouge aufgelegt, daß es einen blendete; ihre Backen glühten wie zwei ewige Lämpchen. Zähne hatte sie fast keine mehr; sie hatte ihre Kinnbacken mit Watte ausgestopft, und Verena sagte dann und wann: »Verdammt noch mal, Catherine, warum gehst du nicht zum Doktor Crocker und läßt dir ein paar Zähne in dein Maulwerk tun, damit du mal ein verständliches Wort sprechen kannst?« Es war schon richtig, daß man sie schwer verstehen konnte. Dolly war die einzige, der das brummelnde Gemurmel ihrer Freundin mühelos verständlich war. Es genügte Catherine, daß Dolly sie verstand; sie waren immer beisammen, und was sie zu sagen hatten, das sagten sie zueinander. Ich vernahm, wenn ich mein Ohr an einen Dachbalken legte, das peinvolle Tremolo ihrer Stimmen, das sich wie steigender Baumsaft in dem alten Holz anhörte.

Um den Dachboden zu erreichen, mußte man auf einer Leiter in die Wäschekammer steigen, in deren Decke sich die Falltüre befand. Eines Tages, auf dem Wege dorthin, sah ich, daß die Falltür offenstand und erlauschte ein müßiges, süßes Sumsen, in der Art der reizenden Töne, die man von kleinen Mädchen hört, wenn sie allein spielen. Ich wäre gern umgekehrt, aber das Summen hörte auf, und eine Stimme fragte: »Catherine?« »Collin«, antwortete ich und zeigte mich.

Schneeflockenbleich stand Dollys Gesicht vor mir; für diesmal entschwand es mir nicht. »Hierhin also gehst du – wir wunderten uns«, sagte sie, und ihre Stimme raschelte zart wie Seidenpapier. Sie hatte die Augen eines besonderen Menschen, freundliche, klare Augen, leuchtend grün, wie Pfefferminzlikör; sie spähten in dem Zwielicht des Dachbodens schüchtern nach mir aus und überzeugten sich, daß ich nichts Böses gegen sie plante. »Hier oben also spielst du – auf dem Dachboden? Ich sagte es schon Verena, daß du zu oft allein wärest.« Sie bückte sich und wühlte in der Tiefe eines Fasses herum. »Komm her«, sagte sie, »du kannst mir helfen, wenn du in dem anderen Faß da nachsiehst. Ich suche ein paar Perlkiesel in allen Farben und eine kleine Korallenburg. Ein Glas mit Goldfischen, das wird Catherine mögen, meinst du nicht? Zu ihrem Geburtstag. Wir hatten sonst immer ein Glas mit Tropenfischen – Teufel waren das, sie fraßen einander auf. Ich weiß noch gut, wie wir sie kauften; wir gingen den ganzen Weg von sechzig Meilen nach Brewton zu Fuß. Niemals zuvor bin ich sechzig Meilen gelaufen, und ich glaube nicht, daß ich das noch einmal mache. Schau her, da ist sie, meine Burg.« Bald darauf fand ich die

Kiesel, sie waren wie Körner oder wie Kandissplitter. »Nimm ein Stückchen Kandis«, sagte ich und bot ihr aus dem Säckchen an. »O vielen Dank«, sagte sie, »ich mag ein Stückchen Kandis gern, sogar wenn es wie ein Kiesel schmeckt.«

Wir wurden Freunde, Dolly, Catherine und ich. Ich war elf, und später wurde ich sechzehn. Verdienste erwarb ich mir keine, aber das waren die wunderbaren Jahre.

Ich brachte niemanden mit mir nach Hause, und ich wünschte es auch niemals. Einmal nahm ich ein Mädchen mit ins Kino, und auf dem Heimweg fragte sie mich, ob sie ein Glas Wasser bei mir trinken könnte. Wenn ich geglaubt hätte, sie sei wirklich durstig, dann hätte ich es recht gefunden, aber ich wußte, daß sie mich anschwindelte, nur um das Haus von innen sehen zu können, was alle Leute immerfort wollten, und ich sagte ihr also, sie sollte mit dem Wasser lieber warten, bis sie zu Hause wäre. Sie sagte: »Alle Welt weiß, daß mit Dolly Talbo nichts los ist und mit dir auch nicht.« Ich mochte das Mädchen eigentlich gern, aber ich gab ihr trotzdem einen Puff, und sie meinte, ihr Bruder würde es mir schon heimzahlen, was er auch tat. Genau hier an meinem Mundwinkel habe ich noch die Narbe von der Coca Cola Flasche, mit der er auf mich einhieb.

Ich wußte, was man sich erzählte: Dolly sei ein

rechtes Kreuz für Verena, und außerdem, im Talbohaus gingen Dinge vor, die man sich nicht träumen ließe. Mag es so gewesen sein! Aber jene Jahre waren die wunderbaren Jahre.

An Winternachmittagen, gleich wenn ich aus der Schule kam, riß Catherine ein Glas mit Eingemachtem auf, während Dolly einen großen Topf Kaffee auf den Herd setzte und ein Blech mit Plätzchen ins Rohr schob; beim Öffnen entströmte dem Rohr der Duft heißer Vanille, denn Dolly, die nur von süßen Sachen lebte, buk ununterbrochen, entweder einen Pfundkuchen oder ein Rosinenbrot, kleines Teegebäck oder Nugatbonbons. Sie rührte Gemüse nicht an, und das einzige Fleisch, das sie mochte, war Hühnerhirn, erbsengroß, es schmolz auf der Zunge, ehe man es schmeckte. Die Küche mit dem holzgeheizten Herd und einer offenen Feuerstelle war warm wie eine Kuhzunge. Alles, was der Winter vermochte, war, daß auf dem Nullpunkt die Scheiben unter seinem kalten blauen Atem gefroren. Wenn irgend ein Zauberer mir ein Geschenk machen wollte, würde ich ihn um eine Flasche bitten, in der die Geräusche jener Küche eingefangen wären, das Hahaha und das Knistern des Feuers, eine Flasche übervoll mit dem Duft des Butter- und Zuckergebäcks – wenn auch Catherine roch wie ein Mutterschwein im Frühling. Die Küche sah eher wie eine gemütliche Stube aus; auf dem Fußboden lag ein verbrauchter Wollteppich, es waren Schaukelstühle da, längs den Wänden hingen Bilder von jungen Katzen, die Dolly begeisterten. Da gab es ein Geranium, das nicht nur einmal, sondern das ganze Jahr hindurch blühte, und in einem Glas auf dem mit Wachstuch bedeckten Tisch Catherines Goldfische, die mit ihren Schwänzen durch die Tore der Korallenburg fächerten. Manchmal spielten wir Bilderpuzzle, dessen Stückchen wir unter uns verteilten, und Catherine versteckte Teile davon, wenn man sein Bild beinahe fertig hatte, noch ehe es zustande kam. Oder sie halfen mir bei meinen Hausaufgaben – aber das gab ein Durcheinander. In alle natürlichen Dinge war Dolly eingeweiht; sie hatte das geheimnisvolle Erkenntnisvermögen einer Biene, die die honigreichsten Blumen zu finden weiß. Einen Sturm konnte sie einen Tag voraussagen und die Fruchtzeit des Feigenbaumes prophezeien. Sie konnte uns zu den Pilzen oder zu dem wilden Honig oder zu dem versteckten Nest mit den Eiern der Guineahenne führen. Sie blickte um sich und erspürte das, was sie fand. Aber was die Hausaufgaben betraf, war Dolly ebenso unwissend wie Catherine. »Amerika muß schon Amerika geheißen haben, ehe Kolumbus kam. Das ist doch klar. Woher hätte er sonst gewußt, daß es Amerika ist?« Und

Catherine sagte: »Das stimmt, Amerika ist ein altes indianisches Wort.« Catherine war die Schlimmere von den beiden; sie bestand auf ihrer Unfehlbarkeit, und wenn man nicht genau niederschrieb, was sie sagte, begehrte sie auf und verschüttete den Kaffee oder sonst etwas. Aber ich glaubte ihr nichts mehr nach dem, was sie von Lincoln behauptete – er sei halb Neger, halb Indianer gewesen, mit einem nur kleinen weißen Einschlag. Ich sogar wußte, daß das nicht zutraf. Aber ich bin Catherine besonders verpflichtet; wenn sie nicht gewesen wäre, hätte ich schwerlich eine normale menschliche Größe erreicht. Mit vierzehn war ich nicht größer als Biddy Skinner, von dem die Leute erzählten, er habe Anträge von einem Zirkus erhalten. Catherine sagte: »Gräme dich nicht, Liebling, du brauchst nur ein bißchen gestreckt zu werden.« Sie zog an meinen Armen und Beinen und zerrte an meinem Kopf, als sei er ein Apfel an einem unnachgiebigen Zweig. Aber es ist wahr, sie hatte mich in zwei Jahren von hundertfünfzig Zentimeter auf hundertsiebzig gestreckt, das beweisen die Kerben, die mit dem Brotmesser in die Speisekammertür geschnitten sind; denn auch heute noch, wo so vieles dahin ist, und nur noch der Wind im Herd heult und Winter in der Küche ist, sind diese Merkzeichen meines Wachstums da wie ein Vermächtnis.

Trotz der segensreichen Wirkung, die Dollys Arzneien bei jenen hatten, die sie bestellten, kamen ab und zu Briefe, die besagten: Liebe Miß Talbo, wir brauchen keine Tropfen mehr, aus dem einfachen Grunde, die arme Kusine Belle (oder wer immer) starb letzte Woche. Gott sei ihrer Seele gnädig. Dann wurde die Küche ein Ort der Klage; freudlos, mit gefalteten Händen und gebeugten Häuptern riefen sich meine beiden Freundinnnen die Begleitumstände des Falles zurück, und Catherine meinte: »Nun ja, wir machten es so gut, wie wir es konnten, Dollyherz, aber der Herrgott wollte es anders.« Auch Verena konnte die Küche trübe stimmen, wenn sie fortwährend eine neue Anordnung gab, oder eine alte wieder erzwang: Tu das, tu das nicht, hör auf, fang an – als ob wir Uhren wären, auf die sie ein Auge haben mußte, damit unsere Zeit mit der ihren übereinstimmte, und wehe, wenn wir zehn Minuten vorgingen oder eine Stunde nach. Verena sprang hervor wie der Kuckuck aus dem Türchen. »Jene!« sagte dann Catherine, und Dolly flüsterte: »Pscht, pscht, still!«, als ob sie nicht nur Catherine beruhigen wollte, sondern auch eine rebellische innere Stimme. In ihrem Herzen wünschte Verena, glaub ich, in der Küche gleichberechtigt zu sein; aber sie glich einem einsamen Mann, der in einem Haus voller Frauen und Kinder lebt, und ihr Kontakt mit uns waren einzig die rechthaberischen Ausbrüche: »Dolly, schaff das Kätzchen fort, willst du mein Asthma verschlimmern? Wer hat das Wasser im Badezimmer laufen lassen? Wer von euch hat meinen Schirm zerbrochen?« Ihre üblen Launen durchkrochen das Haus gleich einem trüben gelben Nebel. »Jene!« »Pscht, pscht, still!«

Einmal in der Woche, gewöhnlich am Samstag, gingen wir in die Flußwälder. Für diese Ausflüge, die den ganzen Tag beanspruchten, richtete Catherine ein Brathuhn und ein Dutzend Pfeffereier, und Dolly nahm eine Schokoladeschichttorte mit und einen Vorrat von Bonbons. Derart ausgerüstet und mit drei leeren Getreidesäcken wanderten wir den Kirchweg entlang hinter dem Friedhof durch das Präriegras. Gleich nachdem man den Wald betrat, kam man an einen doppelstämmigen Paternosterbaum, eigentlich waren es zwei Bäume mit so ineinander verschlungenen Zweigen, daß man von dem einen in den anderen klettern konnte; und sie waren tatsächlich durch ein Baumhaus verbunden, ein geräumiges, handfestes, vorbildliches Baumhaus; es glich einem Floß, das im Blättermeer dahintrieb. Die Knaben, die es erbaut hatten – vorausgesetzt, daß sie noch am Leben waren – müßten heute sehr alte Männer sein; denn das Baumhaus war gewiß schon fünfzehn oder zwanzig Jahre alt, als Dolly es zum erstenmal entdeckte, und das war ein Vierteljahrhundert vor dem Tag, an dem sie es mir zeigte.

Man konnte es mühelos wie über eine Treppe erklimmen; Knorren in der Rinde stützten den Fuß, und es gab ein Geländer aus derben Weinranken. Selbst Catherine, die fette Hüften hatte und über Rheuma klagte, machte es keine Mühe. Aber Catherine liebte das Baumhaus nicht; sie wußte nicht, was Dolly wußte, und was sie auch mich wissen ließ: es war ein Schiff, und wenn man darin saß, konnte man die wolkengesäumten Gestade aller Träume entlangsegeln. »Merk auf mein Wort«, sagte Catherine, »Fußbodenlatten da sein zu alt, Nägel da sein schlüpfrig wie Würmer, gehen alles krach entzwei, gehen fallen und Köpfe zerschlagen – hab ich's nicht gesagt.«

Nachdem wir unsere Vorräte im Baumhaus eingelagert hatten, gingen wir getrennt in den Wäldern, jeder mit einem Getreidesack, den wir mit Kräutern, Blättern und wunderlichen Wurzeln füllten. Keiner von uns, nicht einmal Catherine, wußte genau, was alles in die Arznei kam, denn das war ein Geheimnis, das Dolly für sich behielt, und niemals erlaubte sie uns, das anzusehen, was sie in ihrem eigenen Sack sammelte. Sie band ihn so fest zu, als hielt sie darin einen verzauberten Prinzen oder ein blauhaariges

Kind gefangen. Dies war ihre Geschichte: »Einmal, lang ist's her, als wir noch Kinder waren (Verena noch mit ihren Milchzähnen und Catherine nicht größer als ein Zaunpfahl), gab es hier so viel Zigeuner wie Vögel auf einem Fleck mit Blaubeeren – nicht wie jetzt, wo man im Jahr nur ganz wenige umherziehen sieht. Sie kamen mit dem Frühling, und plötzlich, wie das Kornelkirschenrosa, waren sie da, straßenauf und -abwärts und in den Wäldern ringsum. Aber ihr Anblick war unseren Männern verhaßt, und Daddy – das war unser Großonkel Uriah – sagte, er würde jeden, den er auf unserem Grund erwischte, erschießen. Also hab ich es nie verraten, wenn die Zigeuner Wasser aus dem Bach schöpften oder die alten Winterpekannüsse stahlen. Eines Abends dann, es war im April und es regnete, ging ich zum Kuhstall, denn Fairybell hatte ein neues Kälbchen; in dem Kuhstall waren drei Zigeunerinnen, zwei alte und eine junge, und die junge war nackt und wand sich auf dem Kornstroh. Als sie sahen, daß ich keine Angst hatte und daß ich nicht weglaufen würde, um zu petzen, bat eine von den Alten, ich solle ein Licht bringen. Also, ich ging ins Haus und holte eine Kerze, und als ich zurückkam, hielt die Alte, die mich danach geschickt hatte, ein rotes, brüllendes Baby kopfunter an den Füßen und die andere Frau molk Fairybell. Ich half ihnen, das

Baby in der warmen Milch zu waschen und in einen Schal einzuhüllen. Dann nahm die eine von den Alten meine Hand und sagte: ›Jetzt mach ich dir ein Geschenk und lehre dich einen Vers.‹ Es war ein Vers auf immergrüne Rinde, auf den Drachenkopffarn und all die anderen Sachen, die wir hier in den Wäldern suchen:

›Brau das Tränklein braun und klar,
Tropfenkur hilft immerdar.‹

Am Morgen waren sie fort; ich suchte sie in den Feldern und auf der Straße. Doch alles, was von ihnen zurückblieb, war der Reim in meinem Kopf.«

Unter lauten Zurufen, heulend wie Eulen, die am Tage unsicher sind, arbeiteten wir den ganzen Morgen in entgegengesetzten Waldstrecken. Gegen Nachmittag kletterten wir, unsere Säcke schwellend gefüllt mit abgeschälter Rinde und ausgestochenen zarten Wurzeln, zurück in das grüne Gewebe des Paternosterbaums und breiteten unser Mahl aus. Wir hatten gutes Bachwasser in einem irdenen Krug oder bei kaltem Wetter eine Thermosflasche mit heißem Kaffee, und wir reinigten unsere zuckerverklebten, hühnerfettigen Finger an einem Polster von Blättern. Und später, nachdem wir Blumenorakel befragt und über einschläfernde Dinge gesprochen hatten, trieb unser Floß im Baum durch den Nachmittag dahin; wir gehörten zu ihm wie die in der

Sonne silbrigen Blätter und die dort nistenden Nachtschwalben.

Ungefähr einmal im Jahre gehe ich hinüber zu dem Haus in der Talbostraße und spaziere im Hof umher. Gestern war ich wieder dort und fand einen alten Gußeisenkessel, der umgekippt im Unkraut lag wie ein schwarzer herabgestürzter Meteorstein: o Dolly – Dolly, wie sie über den Kessel gebückt alles, was wir in den Kornsäcken gesammelt hatten, ins kochende Wasser warf und mit einem abgesägten Besenstiel in dem Gebräu, das braun war wie tabaksaftiger Speichel, rührte und rührte. Alles für ihre Arznei mischte sie allein, während Catherine und ich dastanden und ihr zusahen wie Lehrlinge einer Hexe. Später halfen wir dabei, die Essenz auf Flaschen zu füllen, und da sie einen Dampf entwickelte, der gewöhnliche Korken heraustrieb, war es meine besondere Aufgabe, Stöpsel aus Toilettenpapier zu rollen. Der Verkauf kam durchschnittlich auf sechs Flaschen die Woche, die Flasche kostete zwei Dollar. Das Geld, verfügte Dolly, gehörte uns dreien, und wir gaben es sofort aus, wenn es angekommen war. Wir ließen uns immer das Zeugs kommen, das in Magazinen annonciert war: Lerne Holz schnitzen – Das Puffspiel für jung und alt – Jedermann kann Bazooka schießen. Einmal bestellten wir ein Lehrbuch für Französisch, es war meine Idee gewesen, daß wir Französisch lernen müßten, um eine Geheimsprache zu haben, die weder Verena noch sonst irgend jemand verstehen könnte. Dolly war mit dem Versuch einverstanden, aber »passez-moi den Löffel« war alles, was sie zuwege brachte. Und nachdem Catherine gelernt hatte: »Je suis fatiguée«, öffnete sie das Buch niemals wieder; sie behauptete, mehr brauche sie nicht zu wissen.

Verena bemerkte öfters, man würde Unannehmlichkeiten haben, wenn sich irgend jemand vergiftete, andererseits aber zeigte sie wenig Interesse an der Tropfenkur. Dann rechneten wir einmal alle Einnahmen aus einem Jahr zusammen und entdeckten, daß wir so viel verdient hatten, um einkommensteuerpflichtig zu sein. Von da an begann Verena Fragen zu stellen. Geld war für sie wie eine Wildkatze, deren Spur sie mit dem gedämpften Schritt eines erfahrenen Jägers beschlich, aufmerksam auf jedes gebrochene Zweiglein. Was kam eigentlich, wollte sie wissen, in die Arznei? Dolly, zwar geschmeichelt, winkte trotzdem beinahe kichernd mit beiden Händen ab und sagte: »Nun, dies und das, nichts Besonderes.«

Verena schien die Angelegenheit fallen zu lassen; aber am Abendbrottisch ruhten ihre Blicke sehr oft nachdenklich auf Dolly, und einmal, als wir im Hof um den kochenden Kessel versammelt waren, blickte ich auf und sah Verena am Fenster, durch das sie uns beharrlich und aufmerksam beobachtete; von da an hatte ihr Plan vermutlich Gestalt gewonnen, aber ihren ersten Schachzug tat sie nicht vor dem Sommer.

Zweimal im Jahr, im Januar und im August, machte Verena Einkaufsreisen nach St. Louis oder nach Chicago. In diesem Sommer, dem Sommer meines sechzehnten Jahres, ging sie nach Chicago und kehrte nach zwei Wochen in Begleitung eines Mannes, eines Doktor Morris Ritz, zurück. Natürlich fragte sich jeder, wer Doktor Morris Ritz sei. Er trug regenbogenbunte Krawatten und auffallend moderne Anzüge; seine Lippen waren blau, und er hatte besonders schmale, unruhige Augen. Alles in allem sah er wie eine ärmliche Maus aus. Wir hörten, daß er im besten Zimmer vom Lola Hotel wohnte und in Phils Café Beefsteaks zum Abendbrot aß. Er flanierte auf den Straßen und verdrehte seinen Glatzkopf nach jedem Passanten. Bekanntschaften schloß er indessen nicht, und man sah ihn nie in Gesellschaft, ausgenommen in der Verenas, die ihn niemals ins Haus lud und seinen Namen niemals nannte, bis eines Tages Catherine zu sticheln begann: »Miß Verena, wer ist bloß dieser komisch aussehende kleine Doktor Morris Ritz?« Verenas Lippen verfärbten sich, und sie antwortete: »Nun ja, er sieht nicht halb so komisch aus wie manche, die ich nennen könnte.«

Die Leute sagten, die Art, wie es Verena mit dem kleinen Juden aus Chicago triebe, sei skandalös, mit einem, der zwanzig Jahre jünger war als sie. Es ging das Gerücht um, daß sie etwas mit der alten Konservenfabrik auf der anderen Seite der Stadt vorhätten. Wie es sich herausstellte, dachten sie auch daran, aber nicht an das, was der Klüngel beim Billard vermutete. Meistens am Nachmittag konnte man Verena und Doktor Morris Ritz zu der Konservenfabrik pilgern sehen, einer verlassenen, wetterzerstörten Ziegelsteinruine mit zerbrochenen Fenstern und abgesackten Türen. Ein Menschenalter lang war niemand dort gewesen als kleine Schulkinder, die dort Zigaretten rauchten und sich nackt tummelten. Anfang September, durch eine Notiz im ›Courier‹, erfuhren wir zum ersten Male, daß Verena die alte Konservenfabrik gekauft habe; aber welchen Plan sie damit verfolgte, wurde nicht bekannt. Kurz darauf befahl Verena Catherine, zwei Hühner zu schlachten, da Doktor Morris Ritz am Sontag zum Essen kommen würde.

In all den Jahren, die ich dort lebte, war Doktor Morris Ritz der einzige Mensch, der in das Haus an der Talbostraße zum Essen eingeladen wurde. Es war also, auch aus anderen Gründen, ein Ereignis. Catherine und Dolly machten einen Frühjahrshausputz; sie klopften Teppiche, holten Porzellan vom Dachboden und erreichten, daß jedes Zimmer nach Fußbodenwachs und Zitronenölpolitur roch. Es sollte Brathuhn und Schinken geben, englische Zuckererbsen, süße Kartoffeln, Brötchen, Bananenpudding, zwei Sorten Kuchen und Tuttifruttieiscreme aus dem Drugstore. Sonntag vormittag kam Verena herunter, um sich den Eßtisch anzusehen. Mit seinem ausladenden Tafelaufsatz von pfirsichfarbenen Rosen und dem protzig massiven Silber wirkte er, als sei er für eine zwanzigköpfige Gesellschaft gedeckt; in Wirklichkeit waren nur zwei Gedecke aufgelegt. Verena stürzte fort und holte zwei weitere, und als Dolly es bemerkte, sagte sie scheu: Schön, schon recht, wenn Collin am Tisch mitessen will. Sie aber werde mit Catherine in der Küche bleiben. Verena stampfte mit dem Fuß auf: »Mach keine Scherze mit mir, Dolly. Diese Sache ist wichtig, Morris kommt ausdrücklich, um dich zu treffen. Und darüber hinaus würde ich es sehr zu schätzen wissen, wenn du deinen Kopf hoch hieltest, mir wird schwindlig, wenn du ihn so hängen läßt.«

Dolly war auf den Tod verletzt; sie versteckte sich in ihrem Zimmer, und lange nachdem unser Gast eingetroffen war, wurde ich ausgeschickt, um sie zu holen. Sie lag in dem rosa Bett mit einem feuchten Waschlappen auf der Stirn, und Catherine saß neben ihr. Catherine war geschniegelt und gebügelt; ihre Backen waren so rot wie Lutschbonbons und ihre Kinnladen mit mehr Watte ausgestopft als je. Sie sagte: »Liebling du mußt aufstehen, du ruinierst dein hübsches Kleid da.« Es war ein Kattunkleid, das Verena von Chicago mitgebracht hatte. Dolly richtete sich auf, glättete es und legte sich augenblicklich wieder hin. »Wenn Verena nur wüßte, wie leid es mir tut«, sagte sie hilflos, und ich ging also und teilte Verena mit, daß Dolly krank sei. Verena antwortete, sie werde selbst nachsehen und marschierte ab und ließ mich in der Halle mit Doktor Morris Ritz allein.

Oh, er war ein hassenswertes Geschöpf. »So, du bist sechzehn«, begann er und zwinkerte mir erst mit dem einen und dann mit dem anderen seiner unverschämten Augen zu. »Und du machst es allein, he? Bring die alte Dame dazu, daß sie dich das nächste Mal mit nach Chicago nimmt. Da gibt's ne Menge gutes Material, mit dem man's machen kann.« Er schnalzte mit den Fingern und steppte mit seinen knarrenden, messerspitzen Schuhen, als ob er den Takt zu einem Schlager klopfen wollte. Er hätte Steptänzer oder Barmixer sein können, bis auf die kleine Mappe, die er trug und die auf eine seriösere Beschäftigung schließen ließ. Ich fragte mich, was für eine Art von Doktor man in ihm vermuten solle, und war tatsächlich schon drauf und dran, mich danach zu erkundigen, als Verena zurückkehrte und Dolly am Ellbogen vor sich her steuerte.

Die Schatten in der Halle, die Teppiche und Möbel vermochten nicht, sie unsichtbar zu machen; mit niedergeschlagenen Augen streckte sie ihre Hand vor, und Doktor Ritz packte sie so ungestüm, schwenkte sie so heftig, daß sie beinahe das Gleichgewicht verlor. »Angenehm, Miß Talbo, es ist mir eine Ehre, Sie zu sehen«, sagte er und griff nach seiner regenbogenbunten Krawatte.

Wir setzten uns zum Essen, und Catherine servierte das Huhn. Sie bot Verena an und dann Dolly, und als der Doktor an die Reihe kam, erklärte er: »Offen gestanden, das einzige vom Huhn, aus dem ich mir etwas mache, ist das Hirn; ich will nicht annehmen, du hast diese Kostbarkeit in der Küche gelassen, Mammy?«

Catherine blickte so scharf auf ihre Nasenspitze, daß sie beinahe schielte; und mit ihrer von Watte gelähmten Zunge radebrechte sie, daß Dolly das Hirn auf ihren Teller genommen habe.

»Jesus, dieser südliche Dialekt«, sagte Doktor Ritz wahrhaft bestürzt.

»Sie sagt, daß ich das Hirn auf meinem Teller habe«, erklärte Dolly und ihre Wangen röteten sich wie die Catherines. »Aber bitte erlauben Sie, daß ich es Ihnen hinüberreiche.«

»Wenn es Ihnen bestimmt nichts ausmacht...«

»Es macht ihr nicht das geringste aus«, beteuerte Verena, »sie ißt sowieso nur süße Sachen. Hier, Dolly, nimm dir Bananenpudding.«

Plötzlich begann Doktor Ritz zu niesen. »Diese Blumen da, diese Rosen, meine alte Allergie...«

»O lieber Gott«, sagte Dolly, die eine Gelegenheit erspähte, in die Küche zu entkommen; sie ergriff den Aufsatz mit den Rosen – er entglitt ihr, Kristall zersplitterte, die Rosen landeten in der Sauce und die Sauce landete auf uns. »Ihr seht es«, murmelte sie zu sich selbst, »ihr seht, es ist hoffnungslos.«

»Nichts ist hoffnungslos, Dolly; setz dich und iß deinen Pudding auf«, belehrte Verena sie in ihrem sachlichen und hochnäsigen Ton. »Wir haben außerdem eine kleine nette Überraschung für dich. Morris, zeigen Sie Dolly diese reizenden Etiketten.«

Gemurmel: »Es macht gar nichts,« Doktor Ritz hörte auf, sich die Saucenflecken vom Ärmel zu reiben. Er ging in die Halle und kehrte mit einer Aktentasche zurück. Seine Finger raschelten durch ein Papierbündel und förderten ein großes Kuvert zutage, das er Dolly überreichte.

In dem Kuvert waren gummierte Etiketten, dreieckig, mit orangefarbenen Buchstaben: Zigeunerkönigin-Tropfenkur, dazu das auffallende Bild einer Frau in einem indischen Bandanaschal und mit goldenen Ohrringen. »Erstklassig, was?« sagte Doktor Ritz. Hergestellt in Chicago. Das Bild hat ein Freund von mir entworfen. Wirklicher Künstler, der Bursche.«

Dolly schob die Etiketten mit einem verwirrten und besorgten Ausdruck hin und her, bis Verena fragte: »Gefallen sie dir etwa nicht?«

Dollys Hand mit den Etiketten zuckte krampfhaft. »Ich glaube, ich verstehe nicht ganz.«

»Natürlich verstehst du«, sagte Verena mit einem dünnen Lächeln. »Es ist ja einleuchtend genug. Ich erzählte Morris diese alte Geschichte von dir, und er dachte sich diesen wundervollen Namen aus.«

»Zigeunerkönigin-Tropfenkur – das ist ein Griff, was?« prahlte der Doktor. »Sieht nach was aus!«

»Meine Medizin?« fragte Dolly, und ihre Augen blieben gesenkt. »Ich brauche doch keine Etiketten, Verena. Ich schreibe sie selbst.«

Doktor Ritz schnalzte mit den Fingern. »Sehr gut! Nun, wir machen einfach Etiketten, die mit Ihrer Handschrift gedruckt sind – streng individuell. wie?«

»Wir haben schon genug Geld ausgegeben«, verwies ihn Verena rasch; und zu Dolly gewandt fuhr sie fort: »Morris und ich gehen diese Woche nach

Washington, um den Musterschutz für diese Etiketten und ein Patent auf die Medizin zu erwerben – selbstverständlich mit deinem Namen als Erfinder. Die Sache ist nun die, Dolly, du mußt dich hinsetzen und einen kompletten Antrag für uns ausfüllen.«

Dollys Gesicht verfiel; die Etiketten wurden vom Tisch gefegt und flatterten auf den Fußboden. Die Hände auf den Tisch gestützt, richtete sie sich auf; langsam kam wieder Leben in ihr Gesicht, sie hob den Kopf und sah an Doktor Ritz und Verena vorbei. Sie ging zur Tür und legte die Hand auf die Klinke: »Das werde ich nicht tun – weil du dazu kein Recht hast, Verena. Und Sie auch nicht, Sir!«

Ich half Catherine den Tisch abdecken: die umgeworfenen Rosen, den nicht angeschnittenen Kuchen, die Gemüse, die keiner berührt hatte. Verena und ihr Gast verließen gemeinsam das Haus. Wir beobachteten durch das Küchenfenster, wie sie mit hängenden und schüttelnden Köpfen stadtwärts abzogen. Dann zerteilten wir den Gewürzkuchen und nahmen ihn mit auf Dollys Zimmer.

»Pscht! Pscht! Still!« flüsterte sie, als Catherine ihrer Meinung über »Jene« Ausdruck geben wollte. Aber es war, als ob das rebellische Wispern in ihrem eigenen Innern zu einer mißtönenden Stimme geworden sei, zu einem Gegner, den sie niederringen mußte: Pscht! Still! Pscht! bis Catherine Dolly in die Arme nahm und auch wisperte: »Pscht! Pscht!«

Wir holten ein Päckchen Spielkarten und teilten es auf dem Bett aus. Catherine mußte daran denken, daß es Sonntag war und daß sie nicht am Spiel teilnehmen durfte. Sie erklärte, wir könnten vielleicht noch eine schlechte Note im Buch des Jüngsten Gerichts riskieren, aber hinter ihrem Namen stünden schon zu viele. Wir überlegten uns das und betrieben lieber Handlesen. Als es schon dämmerte, kam Verena nach Hause. Wir hörten ihre Schritte in der Halle; sie öffnete die Tür ohne anzuklopfen, und Dolly, die gerade bei meiner Schicksalslinie angelangt war, verstärkte den Griff um meine Handknöchel. Verena befahl: »Collin, Catherine, ihr könnt gehen.«

Catherine wäre mir die Leiter hinauf in den Dachboden gefolgt, wenn sie nicht ihre guten Kleider angehabt hätte. Ich ging also allein. Ich wußte ein gutes Astloch, durch das man geradeswegs in das rosa Zimmer gucken konnte; aber Verena stand genau darunter, und alles, was ich sehen konnte, war der Hut, den sie beim Verlassen des Hauses aufgesetzt hatte. Er war aus vogelleichtem Stroh, mit einem Büschel von Früchten aus Celluloid garniert. »Das sind die Tatsachen«, führte sie aus, und die Früchte zitterten und blinkten in der blauen Dämmerung.

»Zweitausend für die alte Fabrik, die Arbeit von Bill Tatum, und vier Zimmerleuten für achtzig Cent die Stunde, Maschinen für siebentausend, die schon bestellt sind, nicht gerechnet, was ein Spezialist wie Morris Ritz kostet. Und warum das? Alles für dich!«

»Alles für mich?« Das kam so unbestimmt wie die Dämmerung. Ich sah Dollys Schatten, wie er sich von einem Teil des Zimmers in den anderen bewegte. »Du bist mein Fleisch und Blut, und ich liebe dich zärtlich; in meinem Herzen ist Liebe für dich. Ich könnte es jetzt beweisen, indem ich dir das einzige gebe, was jemals mein gewesen ist; dann wäre alles dein. Verena, bitte«, bat sie stammelnd, »laß dies eine mir.«

Verena knipste das Licht an. »Du sprichst von geben«, und ihre Stimme wurde hart und grell von einer plötzlichen Bitterkeit. »All diese Jahre habe ich geschuftet wie ein Tagelöhner – was nicht alles habe ich dir gegeben? Dieses Haus, dieses ...«

»Alles hast du mir gegeben«, unterbrach Dolly sie sanft, »und Catherine und Collin. Nur, wir haben auch ein bißchen das unsere getan, wir haben dir ein nettes Zuhause gemacht. Das haben wir doch?«

»Oh, ein schönes Zuhause!« sagte Verena und riß sich den Hut vom Kopf. Ihr Gesicht wurde blutrot. »Du und diese gurgelnde Idiotin. Ist es dir niemals aufgegangen, warum ich keinen Menschen in dieses Haus bitte? Aus einem sehr einfachen Grund: ich schäme mich, das zu tun. Denk bloß daran, was heute wieder los war.«

Ich konnte es hören, wie Dollys Atem stockte. »Es tut mir leid«, sagte sie matt. »Wahrhaftig, ich dachte immer du brauchst uns irgendwie. Ich dachte, wir hätten hier unseren Platz. Aber das wird schon in Ordnung kommen, Verena. Wir werden weggehen.«

Verena seufzte. »Arme Dolly. Armes, armes Ding! Wohin solltest du gehen?«

Die Antwort, die sich eine kleine Weile verzögerte, war bebend wie der Flügelschlag einer Motte: »Ich weiß einen Platz.«

Später, im Bett, wartete ich auf Dollys Gutenachtkuß. Mein Zimmer, über dem Vorbau, in einer entlegenen Ecke des Hauses, war das Zimmer gewesen, wo ihr Vater, Mr. Uriah Talbo, gelebt hatte. Alt und schon etwas geistesgestört hatte ihn Verena von der Farm hierhergebracht, und hier war er gestorben, ohne zu wissen, wo er war. Obwohl er schon zehn oder fünfzehn Jahre tot war, durchtränkte der Altmännergeruch von Tabak und Wein noch immer die Matratze und das Kämmerchen; auf einem Sims lag das einzige Besitztum, das er von der Farm mitgenommen hatte, eine kleine gelbe Trommel. Als

Junge in meinem Alter war er mit einem Südstaatenregiment marschiert und hatte singend die kleine gelbe Trommel geschlagen. Dolly sagte, als kleines Mädchen sei sie an den Wintermorgen gern früh aufgewacht, um den Vater singen zu hören, wenn er reihum im Haus die Kaminfeuer schürte; als er alt geworden und dann gestorben war, hörte sie manchmal sein Singen in dem Präriegras. Wind war das, meinte Catherine, und Dolly entgegnete ihr: »Wir sind doch der Wind – er sammelt, sich erinnernd, unsere Stimmen und schickt sie wispernd und raunend durch das Laub und durch die Felder. Ich habe Papa ganz deutlich gehört.«

In solcher Nacht, nun da es September war, beugte der Herbstwind das dichte rote Gras und ließ all die verklungenen Stimmen wieder aufleben, und ich lauschte, ob auch er dort im Gras sang, der alte Mann, in dessen Bett ich lag und einschlief.

Dann auf einmal dachte ich, Dolly sei endlich zum Gutenachtkuß gekommen, denn ich wachte auf und fühlte sie im Zimmer und nahe bei mir. Aber es war schon Morgen. Das beginnende Licht sprühte wie goldenes Laubwerk in den Fenstern auf, und von ferne prahlten die Hähne: »Schsch, Collin«, wisperte Dolly und beugte sich über mich. Sie trug ein wollenes Winterkleid und einen Hut mit einem Reiseschleier, der vor ihrem Gesicht hing wie ein feiner

Nebel. »Ich wollte nur, daß du weißt, wohin wir gehen.«

»In das Baumhaus?« fragte ich und glaubte, ich rede im Schlaf. Dolly nickte. »Einstweilen. Bis wir genauer wissen, was wir vorhaben.« Sie merkte, daß ich mich fürchtete, und legte ihre Hand auf meine Stirn.

»Du und Catherine – – und ich nicht?« Ein Kälteschauer schüttelte mich. »Ihr dürft nicht gehen ohne mich.«

Die Turmglocke schlug; Dolly schien den letzten Ton abwarten zu wollen, ehe sie sich entschied. Es dröhnte fünf Uhr, und als der letzte Schlag erstarb, war ich schon aus dem Bett gesprungen und fuhr in meine Kleider. Es blieb Dolly nichts anderes übrig als zu sagen: »Vergiß deinen Kamm nicht.«

Wir trafen Catherine im Hof; sie krümmte sich unter dem Gewicht einer übervollen Wachstuchtasche; ihre Augen waren geschwollen, sie hatte geweint, und Dolly, die in dem, was sie tat, sonderbar sicher und zuversichtlich war, beruhigte sie: »Es macht nichts, Catherine – wir werden deine Goldfische kommen lassen, wenn wir wissen, wo wir bleiben.« Verenas friedlich geschlossene Fenster glänzten über uns auf; vorsichtig schlichen wir unter ihnen vorbei, durchschritten lautlos das Gartentor. Ein Foxterrier bellte uns an; aber niemand war auf den Straßen, und niemand sah uns auf dem Weg durch die Stadt, außer einem schlaflosen Gefangenen, der durch die Gitter seiner Zelle schaute. Wir erreichten das Feld mit dem Präriegras gerade, als die Sonne aufging. Dollys Schleier flatterte im Morgenwind, und ein Fasanenpärchen, das an unserem Weg nistete, strich stracks mit metallischen Schwingen aus dem scharlachfarbenen Gras auf, das wie ein Hahnenkamm glühte. Der Paternosterbaum war jetzt, im September, ein Höhle, voll von Grün und grünlichem Gold. »Gehen fallen, gehen Köpfe zerschlagen«, raunte Catherine, als der Tau von den Blättern auf uns tropfte.

II

Wenn es Riley Henderson nicht bekannt gewesen wäre, bezweifle ich, ob irgend jemand erfahren hätte, mindestens so bald, daß wir im Baum saßen.

Catherine hatte in ihre Wachstuchtasche die Reste des Sonntagsessens gepackt, und wir schlemmten ein Frühstück von Kuchen und Huhn, als Gewehrschüsse durch den Wald klatschten. Wir fuhren auf, und der Kuchen blieb uns im Halse stecken. Unten sahen wir einen flinken Hühnerhund vorbeirennen, dem Riley Henderson folgte; er trug über die Schulter ein Gewehr, und um seinen Nacken hing eine Girlande von blutenden Eichhörnchen, deren Schwänze ineinander geknotet waren. Dolly ließ ihren Schleier herab, als wollte sie sich zwischen den Blättern unsichtbar machen.

Unweit von uns hielt er an, und sein kluges, sonnengebräuntes Gesicht spannte sich; er brachte das Gewehr auf irgendein umherstreifendes Ziel in Anschlag, als erwartete er, daß sich eine Schießscheibe darbieten würde. Die Spannung wurde für Catherine unerträglich, und sie schrie: »Riley Henderson, wag's nicht, auf uns zu schießen!«

Das Gewehr schwankte, und er spähte in die Runde; die Eichkätzchen schwangen um ihn wie eine lose Halskette. Dann erblickte er uns und rief nach einem Augenblick: »Hallo, ihr dort, Catherine Creek, hallo, Miß Talbo. Was macht ihr Leute da oben? Jagt ihr Wildkatzen?«

»Nichts wie sitzen«, sagte Dolly schnell, als fürchte sie, daß Catherine oder ich antworten könnten. »Das ist ein schönes Gericht Eichhörnchen, das du da hast.«

»Nimm ein Paar«, erwiderte er und löste zwei heraus. »Wir hatten gestern welche zum Abendessen, und sie waren wirklich zart. Einen Augenblick, ich bring sie dir hinauf.«

»Du brauchst das nicht zu tun. Laß sie lieber unten auf der Erde.« Aber er meinte, die Ameisen würden über sie herfallen, und zog sich den Baum hinauf. Sein blaues Hemd war besprenkelt von Eichhörnchenblut, und Blutflecke schimmerten auch in seinem borstigen, lederfarbenen Haar, er roch nach Schießpulver, und sein vertrautes, wohlgeformtes Gesicht war braun wie Zimt. »Gottverdammt, das ist ein Baumhaus«, rief er und stampfte mit dem Fuß, als wolle er die Stärke der Planken erproben. Catherine ermahnte ihn, es sei zwar jetzt noch ein

Baumhaus, aber es würde nicht lang eins bleiben, wenn er so darauf herumstampfe. Er fragte: »Hast du es gebaut, Collin?« und es wurde mir in süßem Schrecken bewußt, daß er meinen Namen kannte – ich hätte nicht gedacht, daß Riley Henderson mich vom Staube unterschied. Aber ich, ich kannte ihn.

Über keinen in unserer Stadt wurde so viel gesprochen wie über Riley Henderson. Ältere Leute sprachen mit Seufzern von ihm, und die seinem Alter näher kamen als ich, freuten sich, ihn als hart und gemein zu bezeichnen, weil er uns nur den Neid auf sich übrigließ, weil er nicht gestattete, ihn zu lieben und sein Freund zu sein.

Jedermann hätte die näheren Umstände von ihm erzählen können. Er wurde in China geboren, wo sein Vater, ein Missionar, bei einem Aufstand getötet worden war. Seine Mutter stammte aus unserer Stadt und hieß Rose; ich selbst habe sie niemals gesehen, aber die Leute sagten, daß sie eine schöne Frau gewesen war, ehe sie anfing, eine Brille zu tragen. Reich war sie auch, da sie ein großes Vermögen von ihrem Großvater geerbt hatte. Als sie von China zurückkam, brachte sie den fünfjährigen Riley mit und zwei jüngere Kinder, beides Mädchen. Sie lebten mit ihrem unverheirateten Bruder, dem Friedensrichter Horace Holton, zusammen, einem fleischigen, zimperlichen Mann mit quittengelber

Haut. Mit den Jahren wurde Rose Henderson wunderlich in ihrem Tun und Treiben; sie drohte Verena mit dem Gericht, weil sie ihr ein Kleid verkauft habe, das in der Wäsche eingegangen sei; sie ließ Riley einmal zur Strafe auf einem Bein um den Hof hüpfen, wobei er das Einmaleins aufsagen mußte; andererseits ließ sie ihn wild und frei herumrennen, und als der Pfarrer der Presbytergemeinde sie deshalb zur Rede stellte, erklärte sie, sie hasse ihre Kinder und wünschte, sie wären tot. Und sie mußte es auch wirklich so gemeint haben, denn an einem Weihnachtsmorgen schloß sie die Badezimmertür ab und versuchte, ihre beiden kleinen Mädchen in der Wanne zu ertränken. Man erzählte, daß Riley die Tür mit einem Beil aufbrach, was für einen Jungen von neun oder zehn, oder wie alt er damals war, eine bemerkenswerte Maßnahme war. Daraufhin wurde Rose nach einem Ort an der Golfküste gebracht, in eine Anstalt, und dort mag sie immer noch leben, wenigstens hörte man nie, daß sie gestorben sei. Nun konnten aber Riley und sein Onkel Horace Holton nicht miteinander auskommen. Eines Nachts stahl er das alte Auto von Horace und fuhr mit Mamie Curtiss auf ein Tanzvergnügen; sie war der Leichtsinn selbst und mochte ungefähr fünf Jahre älter als Riley sein, der damals nicht älter als fünfzehn war. Schön und gut, als Horace hörte, daß sie auf der

Tanzerei wären, langte er sich den Sheriff, um ihn da herauszuholen; er sagte, er wolle Riley eine Lektion erteilen, und ließ ihn arretieren. Aber Riley sagte dem Sheriff, da sei er schief gewickelt. Vor einer Korona von Leuten beschuldigte er seinen Onkel, Geld gestohlen zu haben, das Rose gehörte und das für ihn und seine Schwestern bestimmt war. Er bot an, das an Ort und Stelle auszukämpfen; und als Horace sich zurückhielt, trat er gegen ihn an und schlug ihm ein Auge zu. Der Sheriff tat Riley ins Gefängnis. Aber der Richter Cool, ein alter Freund von Rose, ging der Sache nach, und es stellte sich ganz klar heraus, daß Horace das Geld von Rose auf sein eigenes Konto geleitet hatte. Horace packte einfach seine Koffer und nahm den Zug nach New Orleans, wo er, wie wir hörten, einige Monate später, plakatiert als Priester der Liebe, seine Betätigung darin fand, auf einem Vergnügungsdampfer Paare zu trauen, die gerade Mondscheinpartien auf dem Mississippi machten. Von da an war Riley sein eigener Herr. Mit Geld, das er auf das ihm zufallende Erbgut entlieh, kaufte er einen roten Rennwagen und flitzte mit jedem Stadtflittchen in der Gegend herum. Die einzig netten Mädchen, die man je in diesem Wagen sah, waren seine Schwestern. Er nahm sie am Sonntagnachmittag zu einer gemächlichen und ehrenwerten Fahrt um den Stadtplatz mit.

Hübsche Mädchen waren diese Schwestern, aber sie hatten nicht viel Spaß, denn er paßte genau auf sie auf, und die Jungens hatten Angst, in ihre Nähe zu kommen. Eine zuverlässige farbige Frau versah ihren Haushalt, und im übrigen lebten sie allein. Eine der Schwestern, Elizabeth, war in meiner Schulklasse und bekam die besten Noten, lauter Einser. Riley selbst hatte die Schule verlassen; aber er war keiner von den faulen Billardlazis, noch gab er sich mit ihnen ab; am Tage fischte oder jagte er. An dem alten Holtonhaus machte er viele Verbesserungen, denn er war ein guter Zimmermann, ebenso ein guter Mechaniker; er baute sich zum Beispiel eine spezielle Autohupe, die wie eine Lokomotive pfiff, und abends hörte man ihn die Straße hinunterheulen, wenn er zu einer Tanzerei in eine andere Stadt raste. O wie ich mich sehnte, sein Freund zu sein! Und das schien doch möglich, denn er war nur zwei Jahre älter. Aber ich konnte mich an das einzige Mal erinnern, als er mit mir gesprochen hatte. Auf dem Weg zu einer Tanzerei im Klubhaus kam er in einer schmucken weißen Flanellhose in Verenas Drugstore, wo ich an Samstagabenden manchmal aushalf. Was er wünschte, war ein Päckchen Überzieher, aber ich wußte nicht genau, was Überzieher seien, er mußte also selbst hinter den Ladentisch kommen und sie sich aus einer Schublade nehmen; er lachte, nicht unfreundlich, aber das war noch schlimmer, als wenn er es gewesen wäre. Nun wußte er also, daß ich ein Idiot war, und wir würden niemals Freunde werden.

Dolly bat: »Nimm ein Stückchen Kuchen, Riley«, und er fragte, ob wir immer so früh am Tage Picknicks machten. Und er fügte hinzu, er halte das für eine glänzende Idee: »Wie das Schwimmen in der Nacht. Ich komme hier herunter, wenn es noch dunkel ist und schwimme im Fluß. Wenn ihr das nächste Mal ein Picknick macht, dann laßt es mich wissen.«

»Du bist jeden Morgen willkommen«, sagte Dolly und hob ihren Schleier. »Ich meine, wir werden einige Zeit hierbleiben.«

Diese Einladung mußte Riley sonderbar vorgekommen sein, aber er sprach es nicht aus. Er zog ein Päckchen Zigaretten hervor und ließ es in der Runde herumgehen; als Catherine eine nahm, sagte Dolly: »Catherine Creek, du hast in deinem Leben keinen Tabak angerührt.« Doch Catherine meinte, sie erlaube sich das, da sie so manches entbehre: »Es muß ein Trost sein; so viele Leute sagen, es sei angenehm; und Dollyherz, wenn du einmal in meine Jahre gekommen bist, wirst auch du nach Annehmlichkeiten ausschauen.« Dolly biß sich auf die Lippen. »Gut, ich denke, es wird nichts schaden«, erklärte sie und bewilligte sich selbst auch eine Zigarette.

Es gibt zwei Dinge (laut Mister Hand, der mich

auf der Schultoilette beim Rauchen erwischte), von denen ein Junge geistesschwach wird, und das eine von ihnen, die Zigaretten, hatte ich vor zwei Jahren aufgegeben, nicht weil ich glaubte, ich würde geistesschwach davon, sondern weil ich fürchtete, es könnte mein Wachstum gefährden. Jetzt aber, da ich eine normale Größe erreicht hatte, war Riley tatsächlich nicht größer als ich, obwohl er größer wirkte, denn er bewegte sich mit der schlenkrigen Unbeholfenheit eines langen und dünnen Cowboys. Ich nahm also eine Zigarette, und Dolly, die den eingeatmeten Rauch heftig ausströmen ließ, meinte, wir sollten ruhig alle zusammen seekrank werden; aber niemand wurde seekrank, und Catherine bemerkte, das nächste Mal würde sie gern eine Pfeife probieren, das röche so gut. Worauf Dolly freimütig die erstaunliche Tatsache bekanntgab, daß Verena Pfeife rauchte, was ich niemals gesehen hatte. »Ich weiß nicht, ob sie es noch immer tut, aber sie hatte eine Pfeife in Gebrauch und eine Büchse Prinz Albert-Tabak mit einem halben geschnitzelten Apfel darin. Aber du mußt es nicht weitersagen«, fügte sie hinzu, als sie plötzlich gewahrte, daß Riley laut lachte.

Für gewöhnlich hatte Riley, wenn man ihn flüchtig auf der Straße oder in seinem fahrenden Wagen sah, einen zurückhaltenden und angespannten Gesichtsausdruck; hier aber, im Paternosterbaum, schien er entspannt; teilnehmendes Lächeln machte sein ganzes Gesicht aufgeschlossener, als wünsche er endlich, freundlich zu sein, wenn nicht gar ein Freund. Dolly ihrerseits schien sich frei zu fühlen und sich seiner Gesellschaft zu freuen. Ganz bestimmt war sie nicht bange vor ihm, vielleicht deshalb, weil wir in dem Baumhaus waren, und das Baumhaus war ihr Haus.

»Dank für die Eichhörnchen, Sir«, sagte sie, als er sich zum Gehen anschickte. »Und vergiß nicht wiederzukommen.«

Er schwang sich auf die Erde. »Wollt ihr mitfahren? Mein Wagen steht am Friedhof.«

»Wie freundlich von dir«, antwortete ihm Dolly. »Aber wir wüßten wirklich nicht, wohin wir fahren sollten.«

Grinsend hob er das Gewehr, legte auf uns an, und Catherine kreischte auf: »Man sollte dich durchhauen, Bengel!« Aber er lachte, winkte und rannte davon, sein Hühnerhund stürmte voraus. Dolly sagte vergnügt: »Noch eine Zigarette«, denn das Päckchen hatte er liegenlassen.

Um die Zeit, als Riley die Stadt erreichte, summten die Neuigkeiten wie ein Bienenschwarm durch die Luft: Wir seien mitten in der Nacht weggelaufen. Weder Catherine noch ich wußten, daß Dolly ein paar Zeilen hinterlassen hatte, die Verena fand, als sie sich zu ihrem Morgenkaffee setzte. Wie ich verstand, besagte diese Notiz nur, daß wir weggingen und daß Verena nicht länger von uns belästigt sein solle. Sie rief sofort ihren Freund Morris Ritz im Lola Hotel an, und sie eilten gemeinsam los, um den Sheriff aufzustöbern. Es war durch Verenas Beihilfe geschehen, daß der Sheriff sein Amt erhalten hatte. Er war ein vierschrötiger, unverschämter junger Bursche mit brutalen Kiefern und dem unsteten Blick eines Falschspielers. Er hieß Junius Candle. Eine Untersuchungsgruppe von Stadtdeputierten wurde zusammengetrommelt. An die Sheriffs anderer Städte wurden Telegramme gejagt. Viele Jahre später, als der Talbo-Besitz geordnet werden mußte, stieß ich auf die handgeschriebenen Originale dieser Telegramme; wahrscheinlich waren sie von Doktor Ritz verfaßt: ›Sucht nach folgenden zusammenreisenden Personen. Dolly Augusta Talbo, Weiße, sechzig Jahre, gelbgraues Haar, schlank, Größe 1,63 Meter, grüne Augen, wahrscheinlich geisteskrank, aber nicht unbedingt gefährlich, nähere Kennzeichen Backwerk, da Kuchenesserin. Catherine Creek, Negerin, gibt vor, Indianerin zu sein, Alter ungefähr sechzig, zahnlos, konfuse Sprache, untersetzt, schwer, kräftig, möglicherweise gefährlich. Collin Talbo Fenwick, Weißer, sechzehn

Jahre, sieht jünger aus, schlechte Haltung, Narbe am Mundwinkel, mürrisches Wesen. Alle drei sind durchgebrannt.‹ »Sie sind bestimmt nicht weit gekommen«, sagte Riley auf dem Postamt, und die Postbeamtin, Mrs. Peters, stürzte zum Telefon und meldete, Riley Henderson habe sie in den Wäldern hinter dem Friedhof gesehen.

Das geschah, während wir friedlich damit beschäftigt waren, unser Baumhaus gemütlich zu machen. Aus Catherines Tasche holten wir eine rosa und goldene Flickendecke, ferner ein Spiel Karten, Seife, Toilettenpapierrollen, Orangen und Zitronen, Kerzen, eine Bratpfanne, eine Flasche Brombeerwein und zwei Schuhkartons, die mit Lebensmitteln gefüllt waren: Catherine rühmte sich, die Speisekammer so gründlich ausgeräumt zu haben, daß nicht einmal ein Biskuit für das Frühstück von »Jener« zurückgeblieben sei.

Später gingen wir zum Bach hinunter und badeten Füße und Gesicht im kalten Wasser. In den Flußwäldern gibt es so viele Bäche wie Adern in einem Blatt; klar und plätschernd finden sie ihren Weg in den kleinen Fluß, der sich wie ein grüner Alligator durch die Wälder windet. Dolly war ein besonderer Anblick, wie sie mit aufgeschürztem Winterkleid im Wasser stand, von ihrem wehenden Schleier belästigt wie von einem Mückenschwarm. Ich fragte:

»Dolly, warum trägst du den Schleier?« und sie antwortete: »Es gehört sich so, daß Damen einen Schleier tragen, wenn sie auf Reisen sind.«

Als wir auf den Baum zurückgekehrt waren, öffneten wir eine köstliche Büchse Orangensaft und sprachen von der Zukunft. Unsere Aktiva waren: Siebenundvierzig Dollar Bargeld und einige Schmuckstücke, bemerkenswert darunter ein goldener Freundschaftsring, den Catherine in den Eingeweiden eines Schweines gefunden hatte, als sie Würste stopfte. Nach Catherines Ansicht konnten wir uns von den siebenundvierzig Dollar Fahrkarten nach überallhin kaufen, sie kannte jemand, der den ganzen Weg nach Mexiko für fünfzehn Dollar gemacht hatte. Aber Dolly und ich waren gegen Mexiko; erstens konnten wir die Sprache nicht, und zweitens, meinte Dolly, dürften wir es nicht wagen, unseren Staat zu verlassen, und wo auch immer wir hingingen, müßte es in die Nähe eines Waldes sein. Denn wie sollten wir sonst die Tropfenkur-Arznei herstellen? »Grad herausgesagt, ich meine, wir sollten uns in den Flußwäldern niederlassen«, sagte sie und sah sich gedankenvoll um.

»In diesem alten Baum?« fragte Catherine. »Schlage dir bloß diesen Gedanken aus dem Kopf, Dollyherz.« Und weiter: »Erinnere dich, was wir in der Zeitung gelesen haben, an den Mann, der drüben überm Ozean ein Schloß gekauft hat, und es ganz und gar, bis auf den letzten Stein, herüberbrachte. Erinnerst du dich noch? Sieh, so könnten wir doch auch mein kleines Haus auf einen Wagen aufladen und es hierherfahren lassen.« Und als Dolly darauf erklärte, das Haus gehöre nicht uns, sondern Verena, und wir könnten es darum nicht wegtransportieren lassen, antwortete Catherine: »Das ist falsch, mein Herz! Wenn du einen Mann fütterst und seine Kleider wäschst und seine Kinder kriegst, dann bist du und der Mann verheiratet, der Mann gehört dir. Wenn du ein Haus fegst und die Feuer anmachst und den Ofen auffüllst, und du hast Liebe dazu, das alles zu tun die ganzen Jahre lang, dann bist du und das Haus verheiratet, das Haus gehört dir. So sehe ich's: die beiden Häuser da oben gehören uns; und vor den Augen Gottes könnten wir ›Jene‹ glatt hinauswerfen.«

Ich hatte eine Idee: im Fluß weiter unten lag ein verlassenes Hausboot, grünlich von Algen und vermorscht durch das Wasser, halbversunken schon; es hatte einem alten Mann gehört, der vom Katzenfischfang lebte und der die Stadt verließ, nachdem er um eine Genehmigung eingekommen war, ein fünfzehnjähriges farbiges Mädchen heiraten zu dürfen. Meine Idee war die: warum sollten wir nicht das alte Hausboot herrichten und dort wohnen?

Catherine gab zu verstehen, sie hoffe, wenn möglich, den Rest ihres Lebens auf festem Grund und Boden zu verbringen: »Wie dies der Herrgott uns bestimmt hat«, und sie hielte sich besser an seine Ratschlüsse, in denen beschlossen sei, daß die Bäume für die Vögel und Affen da wären. Plötzlich schwieg sie, stieß uns in die Rippen und wies verblüfft hinunter, wo die Wälder sich auf das Grasfeld öffneten.

Von dort stolzierte feierlich und steif eine vornehme Gesellschaft auf uns zu: Richter Cool, der Reverend und Mrs. Buster, Mrs. Macy Wheeler, angeführt von Sheriff Junius Candle, der hohe Schnürstiefel trug und dem ein Revolver um die Hüfte baumelte. Sonnenstäubchen umschwärmten sie wie gelbe Schmetterlinge, Brombeerdornen kratzten an ihren gestärkten Kleidern, und Mrs. Macy Wheeler sprang geängstigt zurück, als eine Weinranke gegen ihr Bein schnellte. Sie kreischte. Ich lachte.

Als sie mich hörten, sahen sie zu uns auf, und ein Ausdruck sprachlosen Entsetzens erschien auf ihren Gesichtern; es war, als seien sie die Besucher eines Zoos, die versehentlich in einem seiner Käfige gelandet waren. Sheriff Candle trottete voran, seine Hand umspannte den Revolver. Er starrte mit zusammengekniffenen Augen zu uns herauf, als ob er in die Sonne sehen müßte. »Da schau mal einer ...« begann er und wurde von Mrs. Buster scharf unterbrochen: »Sheriff, wir sind übereingekommen, das Hochwürden zu überlassen.« Es war eine ihrer Lebensregeln, daß ihr Gatte, als der Vertreter Gottes, bei allen Vorkommnissen das erste Wort haben müsse. Hochwürden Buster räusperte sich, und seine Hände, die er aneinander rieb, machten ein schabendes Geräusch wie putzende Insektenfühler. »Dolly Talbo«, sagte er mit einer Stimme, die für einen so ausgemergelten und kümmerlichen Mann sehr volltönend war, »ich spreche zu dir im Namen deiner Schwester, dieser gütigen, hilfreichen Frau ...«

»Das ist sie«, sang seine Gattin, und Mrs. Macy Wheeler plapperte es ihr nach.

»... die an diesem Tage einen schweren Schlag erlitten hat.«

»Das hat sie«, bestätigten als Echo die Damen mit ihren geübten Betschwesterstimmen.

Dolly sah Catherine an und berührte meine Hand, als wünsche sie von uns eine Erläuterung, was diese Ansammlung da unten vorstelle, die sich erhitzt wie eine Hundeschar um einen Baum mit gestellten Opossums sammelte. Unbewußt und vermutlich nur, um etwas in der Hand zu haben, nahm sie eine von Rileys zurückgelassenen Zigaretten.

»Schande über dich«, schrie Mrs. Buster und warf ihren winzigen kahlen Kopf unwillig zurück. Wer sie einen alten Bussard nannte, und das taten manche, sprach nicht allein von ihrem Charakter. Zu ihrem kleinen lasterhaften Kopf hatte sie hohe Schultern und einen pompösen Bauch. »Schande über dich, sage ich. Wie kannst du dich so weit von Gott entfernen, daß du im Baum sitzt wie ein betrunkener Indianer und an Zigaretten suckelst wie ein gewöhnliches . . .«

»Flittchen«, ergänzte Mrs. Macy Wheeler.

». . . Flittchen, während deine Schwester elendiglich darniederliegt.«

Vielleicht hatten sie recht, Catherine als gefährlich zu bezeichnen, denn jetzt bäumte sie sich auf und schrie: »Pfaffenweib, nenn uns nicht Flittchen, Dolly und mich, sonst komm ich herunter und schlage dich krumm.« Glücklicherweise konnte niemand sie verstehen; sonst hätte der Sheriff sie wahrscheinlich, ohne Übertreibung, durch Kopfschuß erledigt, und viele Weiße in der Stadt hätten ihm rechtgegeben.

Dolly schien betäubt, doch gleichzeitig beherrscht. Sie knipste lediglich ein wenig Staub von ihrem Rock: »Überlegen Sie einen Augenblick, Mrs. Buster, dann werden Sie zugeben, daß wir uns näher bei Gott befinden – um einige Meter näher.«

»Ausgezeichnet, Miß Dolly. Das nenne ich eine gute Antwort.« Der Mann, der das rief, war der Richter Cool. Er klatschte in die Hände und kicherte beifällig. »Natürlich sind sie Gott näher«, bestätigte er, unerschrocken vor den mißbilligenden, feierlichen Mienen ringsum. »Sie sind in einem Baum, und wir sind auf der Erde.«

Mrs. Buster fuhr wie ein Wirbelwind zu ihm herum. »Ich dachte, Sie wären ein Christ, Charlie Cool. In meine Auffassung vom Christlichen paßt es nicht, daß man eine arme verrückte Frau ermutigt und auslacht.«

»Überlege es dir, Thelma, ehe du jemand verrückt nennst«, erwiderte der Richter; »das ist auch nicht besonders christlich.«

Der Reverend Buster eröffnete seinerseits das Feuer. »Antworte mir, Richter! Weshalb bist du mit uns gegangen, wenn du nicht den Willen des Herrn erfüllen wolltest im Geist der Gnade?«

»Den Willen des Herrn?« fragte der Richter ungläubig. »Du begreifst das nicht besser als ich, was hier geschieht. Vielleicht hat der Herr diesen Leuten befohlen, in einem Baum zu leben; du wirst schließlich zugeben, daß er dir nicht befohlen hat, sie herunterzuholen – wenn nicht, natürlich, Verena Talbo der Herr ist, eine Theorie, der mehrere von euch Glauben beimessen, he Sheriff? Nein, mein Herr, ich bin nicht mitgekommen, um jemanden den Willen zu tun, außer mir selbst, was lediglich heißt, daß ich in Laune war, einen Spaziergang zu machen. Die Wälder sind sehr schön um diese Jahreszeit.« Er pflückte einige Hundsveilchen und steckte sie in sein Knopfloch.

»Zum Teufel damit«, hob der Sheriff an und wurde wieder einmal von Mrs. Buster unterbrochen, welche erklärte, daß sie Fluchen unter keinen Umständen dulden würde: »Nicht wahr, Hochwürden?« Hochwürden unterstützte sie, indem er versicherte, er wolle verdammt sein, wenn er das dulde. »Ich bin hier im Amt«, unterrichtete sie der Sheriff und stemmte seinen Bullenkiefer vor, »es handelt sich um das Gesetz.«

»Um welches Gesetz, Junius?« fragte der Richter Cool ruhig. »Denk daran, daß ich siebenundzwanzig Jahre im Gerichtssaal zubrachte, länger, als du bisher gelebt hast. Sei vorsichtig! Wir haben keinen legalen Grund, Miß Dolly zu stören.«

Unerschrocken zog sich der Sheriff am Baum empor. »Laßt's genug sein mit den Scherereien«, sagte er schmeichelnd, und wir konnten den Bogen seines Hundegebisses sehen. »Runter mit euch da oben, ihr Pack!« Als wir wie drei Nestlinge hocken blieben, bleckte er noch mehr Zähne und rüttelte wütend an einem Ast, als wolle er uns herunterschütteln.

»Miß Dolly, Sie sind immer ein friedliebender Mensch gewesen«, mahnte Mrs. Macy Wheeler. »Bitte gehen Sie heim mit uns; Sie wollen doch nicht um Ihr Mittagessen kommen.« Dolly antwortete nüchtern, daß wir keinen Hunger hätten. Ob sie wohl welchen hätten? »Hier ist ein Hühnerbein für jeden, der eines mag.«

Sheriff Candle sagte: »Leicht machen Sie es mir nicht, Madame«, und zog sich höher hinauf. Ein Ast, der unter seinem Gewicht krachte, schickte durch den Baum ein traurig grausames Ächzen.

»Wenn er Hand an einen von euch legt, tretet ihn auf den Kopf«, riet der Richter. »Oder ich tue es selbst«, sagte er in plötzlicher galanter Kampflust; wie ein begeisterter Frosch hüpfte er empor und hielt sich an dem einen baumelnden Bein des Sheriffs fest. Der Sheriff schnappte seinerseits darauf nach meinen Fußgelenken, und Catherine hielt mich an meinem Gürtel fest. Wir kamen ins Rutschen, und es schien unvermeidlich, daß wir alle abstürzten, denn der Kraftaufwand war beträchtlich. Indessen aber schüttete Dolly den Rest unserer Orangenlimonade in den Nacken des Sheriffs, und er ließ mich mit einem zotigen Fluch unvermittelt los. Sie stürzten zur Erde, der Sheriff auf den Richter, und unter ihnen krümmte sich der Reverend. Um das Mißgeschick voll zu machen, fielen Mrs. Macy Wheeler und Mrs. Buster mit jämmerlichen Krähenschreien auf sie.

Entsetzt über das Vorgefallene und über die Rolle, die sie dabei gespielt hatte, wurde Dolly so verwirrt, daß sie die leere Limonadenbüchse fallen ließ; sie traf hohl dröhnend den Kopf von Mrs. Buster. »Verzeihung«, entschuldigte sich Dolly, was aber in dem Tumult niemand mehr hörte.

Als der Knäuel unten sich entwirrte, trennten sich die Beteiligten in einiger Verlegenheit voneinander. Der Reverend sah ziemlich plattgewalzt aus, aber es wurden keine gebrochenen Glieder entdeckt; nur Mrs. Buster, auf deren spärlich behaartem Kopf eine pyramidenartige Beule wuchs, konnte sich gerechterweise über Unbill beklagen. Sie tat es vernehmlich und ohne Umstände.

»Sie haben mich angegriffen, Dolly Talbo, leugnen Sie es nicht, jeder hier ist Zeuge, daß Sie mit der Büchse nach meinem Kopf gezielt haben. Junius, verhaften Sie sie!«

Der Sheriff seinerseits befaßte sich damit, Streitigkeiten auf seine eigene Art beizulegen. Die Hände wie ein Großtuer in die Hüften gestemmt, beugte er sich zu dem Richter nieder, der sich bemühte, die Veilchen wieder in seinem Knopfloch unterzubringen. »Wenn Sie nicht so alt wären, verdammt, dann würde ich Sie niederschlagen.«

»So alt bin ich noch nicht, Junius – nur alt genug, um zu wissen, daß Männer sich nicht prügeln sollten, wenn Damen dabei sind«, meinte der Richter. Er war ein angenehm wirkender Mann mit breiten Schultern und von aufrechter Statur; er schien, obwohl er in sein siebzigstes Jahr ging, nicht älter als fünfzig. Er ballte die Fäuste, sie waren hart und behaart wie Kokosnüsse. »Und außerdem«, sagte er ergrimmt, »bin ich dabei, wenn du es auch bist.«

In diesem Augenblick sah alles nach einem ganz netten Boxkampf aus. Sogar der Sheriff schien seiner selbst nicht mehr so sicher; mit abnehmender Angriffslust spuckte er in die Hände und raunzte, niemand solle ihm vorwerfen können, daß er einen alten Mann niedergeschlagen habe. »Oder sich an einen herangewagt«, gab der Richter zurück. »Geh, Junius, steck dein Hemd in die Hosen, und troll dich nach Hause.«

Der Sheriff richtete sich an uns im Baum. »Ihr spart euch einen Haufen von Scherereien – steigt jetzt herunter und kommt mit mir.« Wir rührten uns nicht, bis auf Dolly, die ihren Schleier herunterzog, als ließe sie ein für allemal einen Vorhang über die Sache fallen. Mrs. Buster, deren Beule zu einem Horn anwuchs, sagte unheildrohend: »Lohnt nicht der Mühe, Sheriff! Man hat ihnen eine Chance gegeben«, und fügte hinzu, indem sie erst Dolly und dann den Richter beäugte: »Sie können sich wohl denken, daß das nicht ohne Folgen bleibt. Und eines sei gesagt: es gibt eine Vergeltung, nicht nur im Himmel, sondern hier, bei uns auf Erden.«

»Hier bei uns auf Erden«, stimmte Mrs. Macy Wheeler ihr bei.

Sie zogen gemeinsam auf dem Waldpfad ab, ungeknickt, anmaßend wie ein Hochzeitszug, und wechselten hinüber in das Sonnenlicht, wo das rote wogende Gras über ihnen zusammenschlug und sie einschluckte. Zaudernd stand der Richter unter dem Baum, lächelte uns zu und fragte, mit einer kleinen höflichen Verneigung: »Entsinne ich mich recht? Haben Sie nicht jedem, der es wünschte, ein Hühnerbein angeboten?«

Er schien aus Baumteilen zusammengesetzt; seine Nase war wie ein Holzpflock, seine Beine zäh wie alte Wurzeln und seine Brauen derb wie Streifen aus Baumrinde. Die Bärte aus silbrigem Moos, die von den obersten Ästen herabhingen, hatten die Farbe seines Haares, das in der Mitte gescheitelt war, und seine Wangen waren wie die ledrigen Sykomorenblätter, die von dem benachbarten, uns überragenden Baum niederschwebten. Sein Gesicht machte alles in allem, bis auf seine gescheiten Katzenaugen, den Eindruck von einem bäurisch schüchternen Menschen. Er gehörte nicht zu denen, die etwas von sich hermachen, der Richter Charlie Cool; und es gab viele, die seine Bescheidenheit ausnutzten, um auf ihn herabzusehen. Aber keiner von ihnen hätte sich, wie er es konnte, darauf berufen können, an der Harvard Universität graduiert zu haben oder zweimal in Europa gewesen zu sein. Dennoch gab es manche, die ihm mißgünstig gesinnt waren und ihm sein dünkelhaftes Wesen vorwarfen. Denn wurde ihm nicht nachgesagt, daß er jeden Morgen vor dem Frühstück eine Seite Griechisch lese? Und was für eine Art Mann war das, der immer Blumen in seinem Knopfloch trug? Und wenn er nicht hochnäsig gewesen wäre, warum war er dann, fragten manche Leute, bis nach Kentucky gereist, um sich eine Frau zu nehmen, anstatt eine von unseren Frauen zu heiraten? Ich erinnere mich nicht an die Frau des Richters; sie starb, als ich noch zu jung war, um ihrer gewahr zu werden, und was ich hier berichte, ist aus zweiter Hand. Zum Beispiel, daß die Stadt sich niemals für Irene Cool erwärmte und daß dies offensichtlich ihre eigene Schuld war. Frauen aus Kentucky lernt man schwer kennen, sie sind verschlossen und haben ein böses Herz, und Irene Cool, die eine geborene Todd aus Bowling Green war (Mary Todd, eine Kusine zweiten Grades, die einmal weggezogen war, hatte Abraham Lincoln geheiratet), ließ jedermann in ihrer Umgebung fühlen, daß sie alle für rückständiges, gewöhnliches Pack hielt. Sie empfing keine der Damen aus der Stadt, aber Miß Palmer, die für sie nähte, verbreitete, daß sie das

Haus des Richters in bezug auf Geschmack und Stil umgekrempelt habe, mit orientalischen Teppichen und antiken Möbeln. Sie fuhr zum Gottesdienst hin und zurück in einem Pierce-Arrow, dessen Scheiben heraufgekurbelt waren, und in der Kirche saß sie mit einem von Eau de Cologne getränkten Taschentuch vor der Nase: ›Gott riecht nicht gut genug für Irene Cool.‹ Weiterhin erlaubte sie keinem der ansässigen Ärzte, ihre Familie zu behandeln, obwohl sie selbst halbe Invalidin war; eine kleine Rückgratverkrümmung zwang sie, auf einer Bretterunterlage zu schlafen. Grausame Witze über den Richter machten die Runde; er sei voller Splitter. Trotzdem zeugte er zwei Söhne, Todd und Charles junior, beide in Kentucky geboren, wohin ihre Mutter gereist war, in der Absicht, ihren Anspruch als Eingeborene des Blaugras-Staates zu sichern. Aber die, welche behaupten wollten, daß der Richter unter der Reizbarkeit seiner Frau zu leiden gehabt hätte und ein unglücklicher Mann gewesen sei, konnten das nie beweisen, und nach ihrem Tod mußten auch ihre ärgsten Kritiker zugeben, der alte Charlie habe seine Irene aufrichtig geliebt. Denn in den zwei letzten Jahren ihres Lebens, in denen sie sehr krank und mürrisch war, gab er sein Amt als Oberrichter auf und fuhr mit ihr hinüber zu den Orten, wo sie ihre Flitterwochen verbracht hatten. Sie kam nicht wieder zurück; sie wurde in der Schweiz begraben. Vor gar nicht langer Zeit ging Carrie Wells, eine Schullehrerin aus unserer Stadt, mit einer Reisegesellschaft nach Europa; das einzige, was unsere Stadt mit dem alten Kontinent verbindet, sind Gräber – die Gräber junger Soldaten und das von Irene Cool; und Carrie, ausgerüstet mit einer Kamera für Momentaufnahmen, nahm sich vor, jedes einzelne zu besuchen. Aber obwohl sie den ganzen Nachmittag auf einem Bergfriedhof umherstolperte, konnte sie das Grab der Richtersfrau nicht finden, und es ist komisch, sich vorzustellen, daß Irene Cool feierlich an einem Berghang ruhte und noch immer nicht bereit war, zu empfangen. Für den Richter war nicht viel übriggeblieben, als er zurückkam; Politiker wie Meiself Tallsap und seine Bande waren an die Macht gekommen; diese Burschen konnten es sich nicht leisten, daß Charlie Cool im Gerichtssaal saß. Es war traurig, den Richter zu sehen, einen stattlichen Mann in eng sitzenden Anzügen mit einem schwarzseidenen Band, das um den Ärmel genäht war; es war traurig, mit anzusehen, wie er keine andere Beschäftigung hatte, als auf die Post zu gehen oder Einzahlungen auf der Bank zu machen. Seine Söhne arbeiteten an der Bank, etwas affektierte, vorsichtige Männer, die Zwillinge hätten sein können, denn sie waren beide weißhäutig wie Silberpappellaub, mit abfallenden Schultern und wäßrigen Augen. Charles junior, der sein Haar schon während des Studiums verloren hatte, war Vizepräsident der Bank, und Todd, der jüngere Sohn, war Hauptkassierer. Sie glichen ihrem Vater einzig darin, daß sie Frauen aus Kentucky wählten. Diese Schwiegertöchter hatten das Haus des Richters übernommen und es in zwei Wohnungen mit separaten Eingängen aufgeteilt. Eine Vereinbarung wurde getroffen, derzufolge der alte Mann einmal bei der Familie des einen Sohnes lebte, das andere Mal bei der des anderen. Kein Wunder, daß es ihm nach einem Spaziergang in den Wäldern zumute war.

»Schönen Dank, Miß Dolly«, sagte er und wischte sich den Mund mit dem Handrücken ab. »Das ist das beste Hühnerbein, das ich je gegessen habe.«

»Ein Hühnerbein, das ist das wenigste, was wir für Sie tun können; Sie waren sehr mutig.« In Dollys Stimme bebte ein rührend weibliches Tremolo, das mir ungehörig erschien und ihrer nicht ganz würdig; auch Catherine schien das so zu empfinden, denn sie warf Dolly einen tadelnden Blick zu. »Wollen Sie nicht noch etwas haben, vielleicht ein Stück Kuchen?«

»Nein, danke, M'am, ich habe genug.« Er löste die Kette seiner goldenen Uhr von seiner Weste und schlang sie um einen kräftigen Ast über seinem Kopf;

daran hing nun die Uhr wie Christbaumschmuck, und ihr kaum hörbares, federleichtes Ticken war wie der Herzschlag eines ganz zarten Wesens, eines Glühwürmchens, eines Frosches. »Wenn man hören kann, wie die Zeit vergeht, scheint einem der Tag länger. Ich bin dahin gekommen, einen langen Tag hochzuschätzen.« Er strich den Pelz der Eichhörnchen zurück, die zusammengerollt in einer Ecke lagen, als ob sie nur schliefen. »Genauer Kopfschuß – gut getroffen, Sohn.«

Natürlich gab ich das Lob an die richtige Adresse weiter. »Also Riley Henderson war es?« sagte der Richter und erzählte uns dann, daß durch Riley Henderson unser Aufenthaltsort bekannt geworden sei. »Vorher haben sie Telegramme für mindestens hundert Dollar weggeschickt«, fuhr er fort, und die Vorstellung kitzelte ihn angenehm. »Ich meine, es ist der Gedanke an all das viele Geld, der Verena bettlägerig gemacht hat.«

Mit finsterem Blick klagte Dolly: »Es ist kein Gran Vernunft mehr in all denen, daß sie sich derart häßlich benehmen. Sie scheinen besessen genug, uns umbringen zu wollen, obwohl ich nicht sehe, warum und was das mit Verena zu tun haben soll; sie wußte, daß wir weggegangen waren, um ihren Frieden nicht zu stören, ich sagte ihr das, und ich habe ihr sogar einen Zettel hinterlassen. Aber wenn sie krank ist – ist sie das wirklich, Richter? Ich habe sie niemals krank gesehen.«

»Nicht einen Tag«, fügte Catherine hinzu.

»Oh, sie ist ganz schön aufgeregt«, verriet der Richter mit einer gewissen Befriedigung. »Aber Verena ist nicht die Frau, sich mit etwas niederzulegen, das durch ein Aspirin behoben werden kann. Ich entsinne mich, wie sie den Friedhof neuordnen wollte und eine Art von Mausoleum errichtete für sich selbst und für alle Talbos. Eine der hiesigen Damen kam zu mir und fragte: ›Richter, glauben Sie nicht, daß Verena Talbo die krankhafteste Person in der Stadt ist, wenn sie solch ein pompöses Grab für sich plant?‹ Und ich erwiderte: ›Nein, das einzig krankhafte daran ist, daß sie dafür Geld ausgeben will, denn sie glaubt nicht einen Augenblick daran, daß sie jemals sterben wird.‹«

»Ich mag es nicht, wenn man etwas gegen meine Schwester sagt«, bemerkte Dolly kurz. »Sie hat hart gearbeitet und verdient es, alles so zu haben, wie sie es will. Es ist unsere Schuld, wir haben ihr irgend etwas nicht recht gemacht, es war kein Platz für uns im Hause.«

Catherines Wattepolster fuhren in ihrem Munde herum wie Kautabak. »Bist du mein Dollyherz? Oder irgendeine Scheinheilige? Er ist ein Freund, und du hast ihm die Wahrheit zu sagen, wie ›Jene‹

und der kleine Jude uns unsere Medizin stehlen wollten ...«

Der Richter bat um eine Erklärung, aber Dolly erklärte, das sei barer Unsinn, nicht der Rede wert, und fragte, um ihn abzulenken, ob er wisse, wie man Eichhörnchen abhäutete. Er nickte wie im Traum und sah von uns fort, über unsere Köpfe hinweg, und seine Eichelaugen prüften den wolkenzerfaserten Himmel und die winddurchspielten Blätter. »Mag sein, daß es für uns alle keinen Ort gibt. Obwohl wir wissen, daß es einen geben muß, irgendwo; und wenn wir ihn fänden, und wenn wir dort auch nur einen Augenblick sein dürften, würden wir uns selig preisen. Dies hier könnte euer Platz sein«, sagte er und erschauerte, als hätten am Himmel entbreitete Schwingen einen kalten Schatten auf uns geworfen, »und auch mein Platz.«

Berückend wie der feine Faden der Zeit, an dem die goldene Uhr spann, bog sich der Nachmittag in die Dämmerung. Dunst, der über dem Fluß aufstieg, Herbstnebel, schleifte sich mondsilbrig durch die kupfernen und blauen Bäume, und die bleiche Sonne war von einem Hof umringt – Memento des Winters. Dennoch blieb der Richter bei uns: »Zwei Frauen und ein Junge? Der Nacht preisgegeben? Und Junius Candle und diese Blödiane, die weiß Gott was vorhaben? Ich halte zu euch!« Sicherlich hatte unter uns vieren der Richter im Baume endlich seinen rechten Platz gefunden. Es war eine Freude, ihn zu beobachten, wie er, mit der schnuppernden Nase eines Hasen, sich wieder als Mann fühlte, mehr als das, als Beschützer. Er enthäutete die Eichhörnchen mit einem Klappmesser, während ich in der Dämmerung Reisig sammelte und unter dem Baum ein Feuer für die Bratpfanne richtete. Dolly öffnete die Flasche Brombeerwein; sie rechtfertigte das mit der aufkommenden Kühle. Die Eichhörnchen gelangen recht gut, sie waren sehr zart, und der Richter erklärte voll Stolz, daß wir einmal seine gebratenen Katzenfische versuchen müßten. Schweigend schlürften wir den Wein; von dem verlöschenden Feuer stieg der Geruch von Rauch und Blättern auf und erweckte die Erinnerung an vergangene Herbsttage, und wir seufzten und lauschten dem Singen des Grasfeldes, das wie eine Meeresbrandung klang. Die Kerze flackerte in einem Glas, und zigeunernde Nachtmotten flügelten um die Flamme und taumelten in ihrem gelben Schein durch die schwarzen Zweige.

Plötzlich überkam uns, ohne daß wir einen Schritt hörten, das undeutliche Vorgefühl einer unberufenen Einmischung; es hätte nicht mehr zu sein brauchen als der aufgehende Mond. Aber es gab weder Mond noch Sterne. Die Nacht war schwarz wie der

Brombeerwein. »Ich glaube, da ist jemand – dort unten ist jemand«, sagte Dolly und drückte damit aus, was wir alle empfanden.

Der Richter hob die Kerze; Nachtkäfer eilten aus ihrem sprühenden Schein, und eine Schnee-Eule floh durch die Bäume. »Wer da?« rief er in dem herausfordernden Ton eines Soldaten. »Gib Antwort, wer ist dort?«

»Ich, Riley Henderson.« Er war es wirklich. Er löste sich aus dem Schatten, und sein emporgewendetes, grinsendes Gesicht wirkte im Kerzenschein verzogen und verzerrt. »Dachte mir, ich will mal nachschauen, wie es euch geht. Hoffe nur, ihr seid nicht böse auf mich, ich hätte nicht erzählt, wo ihr seid, wenn ich gewußt hätte, was los ist.«

»Niemand macht dir einen Vorwurf, Sohn«, antwortete der Richter, und ich erinnerte mich daran, daß er Rileys Streitsache gegen seinen Onkel Horace Holton ausgefochten hatte. Sie verstanden sich gut. »Wir lassen uns gerade einen kleinen Schluck Wein schmecken. Ich bin überzeugt, daß es Miß Dolly nett fände, wenn du dabei sein wolltest.«

Catherine wandte ein, daß kein Platz mehr sei – noch ein Kilo mehr, und die alten Planken würden durchkrachen. Dennoch drängten wir uns dicht zusammen, um für Riley Raum zu schaffen, der, gleich nachdem er sich zwischen uns gequetscht hatte, von

Catherine an seinem Haarschopf gezaust wurde. »Das ist für heut, für das Gewehr, was du angelegt hast auf uns; und das hier«, schalt sie ihn, noch einmal zerrend, in so deutlichem Ton, daß man sie genau verstehen konnte, »zahlt dir heim, daß du den Sheriff auf uns gehetzt hast.«

Mir schien Catherine frech, aber Riley grunzte gutmütig und meinte, sie könne besseren Anlaß finden, jemand an den Haaren zu zausen, noch ehe die Nacht vergangen sei. Denn die Gemüter in der Stadt seien erregt, berichtete er, Menschengewimmel wie an Samstagabenden; besonders der Reverend und Mrs. Buster brüteten Unheil; Mrs. Buster säße an ihrer Haustür und zeige allen Besuchern die Beule auf ihrem Kopf. Sheriff Candle, fuhr er fort, habe Verena davon überzeugt, daß ein Haftbefehl gegen uns erlassen werden müsse, dadurch begründet, daß wir Dinge, die ihr Eigentum seien, gestohlen hätten.

»Und dann, Richter«, sagte Riley mit ernster und bestürzter Miene, »haben sie sogar die Absicht, Sie zu verhaften. Als Friedensbrecher und wegen Behinderung des amtlichen Rechtsvollzuges, so habe ich's verstanden. Kann sein, ich sollte Ihnen das nicht sagen, aber ich lief einem von Ihren Jungens in die Arme, vor der Bank, es war Todd. Ich fragte ihn, was er dagegen tun wolle, ich meine gegen Ihre Verhaftung; er sagte: Nichts! sagte, sie hätten schon immer so was erwartet, und Sie hätten sich's selbst eingebrockt.«

Der Richter bückte sich und pustete die Kerze aus; er tat es, weil wir den Ausdruck auf seinem Gesicht nicht wahrnehmen sollten. In der Finsternis weinte jemand von uns, und einen Augenblick später wußten wir, daß es Dolly war, und die Laute ihres Schluchzens waren wortlose Ausbrüche der Liebe, die im Kreis von einem zum anderen übersprang und uns aneinanderband. Sanft begann der Richter: »Wenn sie kommen, müssen wir gerüstet sein. Ihr alle, hört mir jetzt zu ...«

III

Wir müssen unsere Lage klar erkennen, um uns verteidigen zu können. Darum: was hat uns zusammengebracht? Die Not! Miß Dolly und ihre Freunde, sie sind in Not. Und du, Riley? Wir beide sind in Not. Wir gehören in diesen Baum, oder wir wären nicht hier.«

Dolly beruhigte sich durch den zuversichtlichen Ton in der Stimme des Richters. Er fuhr fort: »Heute, als ich mit der Gesellschaft des Sheriffs aufbrach, war ich als Mann davon überzeugt, daß mein Leben einsam dahingehen würde und ohne eine Spur zu hinterlassen. Jetzt glaube ich nicht mehr, daß ich so unglücklich sein werde. Miß Dolly, wie lange ist es her? Fünfzig, sechzig Jahre? Solange mag es her sein, daß ich mich Ihrer erinnere, an ein steifes und schamhaft errötendes Kind, das auf seines Vaters Lastwagen zur Stadt fuhr und niemals von dem Wagen herunterkletterte, weil es nicht wollte, daß wir Stadtkinder sähen, daß es keine Schuhe hatte.«

»Sie hatten Schuhe, Dolly und ›Jene‹«, murmelte Catherine. »Ich war es, die keine Schuhe hatte.«

»Alle die Jahre, in denen ich Sie gesehen, aber nicht erkannt habe, wie ich es heute tue, als ein Geistwesen, als eine Heidin . . .«

»Eine Heidin?« fragte Dolly erschreckt, aber aufmerksam.

»Wenigstens als ein Geistwesen, das man nicht durch die Augen allein wahrnehmen kann. Geister sind Vertraute des Lebens, sie leugnen nicht seine Schwierigkeiten – und sind dadurch ständig in Not. Ich, ich hätte niemals Richter sein dürfen; ich mußte dadurch zu oft auf der falschen Seite stehen, denn das Gesetz erkennt die Schwierigkeiten nicht an. Erinnert ihr euch an den alten Carper, den Fischer, der ein Hausboot auf dem Fluß hatte? Er wurde aus der Stadt gejagt – er wollte das hübsche, kleine farbige Mädchen heiraten, jetzt arbeitet sie für Mrs. Postum, glaube ich; und ihr wißt alle, daß sie ihn liebte; ich sah sie immer, wenn ich fischen ging, sie waren sehr glücklich zusammen. Für ihn war sie das, was nie jemand für mich gewesen ist – der einzige Mensch auf der Welt, vor dem man nichts zu verbergen braucht. Und dennoch, wenn es ihm gelungen wäre, sie zu heiraten, wäre es die Pflicht des Sheriffs gewesen, sie zu verhaften, und meine Pflicht, sie zu verurteilen. Manchmal scheint es mir, als ob alle, die ich jemals schuldig gesprochen habe, die eigentliche Schuld auf mich gehäuft hätten, und in gewissem Grade ist es das, was mich wünschen läßt, einmal, bevor ich sterbe, gerecht auf der Seite des Rechts zu sein.«

»Ihr seid auf der richtigen Seite jetzt. ›Jene‹ und der Jude . . .«

»Pscht«, machte Dolly.

»Der einzige Mensch auf der Welt.« Riley wiederholte diesen Satz des Richters in einem zögernden, prüfenden Ton.

»Ich meine«, erklärte der Richter, »den Menschen, dem man alles sagen kann. Ob ich wohl ein Narr bin, daß ich mir so etwas wünsche? Aber, ach, die Mühe, die wir darauf verwenden, uns voreinander zu verbergen, die Bangigkeit, daß wir erkannt werden könnten! Aber hier sind wir erkannt als das, was wir sind: fünf Narren in einem Baum. Das ist ein großes Glück, vorausgesetzt, daß wir den richtigen Gebrauch davon machen, wenn wir unbesorgt darum sind, wie wir den anderen erscheinen, und frei herausfinden dürfen, wer wir in Wahrheit sind. Wenn wir wissen, daß niemand uns verjagen kann; aus Unsicherheit über sich selbst verschwören sich unsere Freunde, die Schwierigkeiten zu leugnen. In Bruchstücken und Häppchen habe ich mich früher bisweilen an Fremde ausgeliefert – Menschen, die an der nächsten Station ausstiegen oder auf dem Schiffsteg wieder entschwanden; sie alle zusammen, in einer Person, hätten vielleicht der einzige Mensch auf der Welt sein können. Aber so wie es war, war es eben einer mit einem Dutzend von verschiedenen Gesichtern, der sich auf hundert getrennten Straßen Bewegung machte. Jetzt habe ich die glückliche Möglichkeit, ihn zu finden – Sie sind es, Miß Dolly, Riley und ihr alle.«

Catherine widersprach: »Ich bin kein Mensch mit ein paar Dutzend Gesichtern, welch ein Blödsinn«, und das ärgerte Dolly, die ihr riet, wenn sie nicht respektvoll reden könne, lieber schlafen zu gehen. »Aber, Richter«, fragte Dolly, »ich weiß nicht genau, was Sie damit meinen. Wir sollten uns alles sagen. Geheimnisse vielleicht?« schloß sie lahm.

»Nein, nein, keine Geheimnisse.« Der Richter riß ein Streichholz an und entzündete die Kerze wieder; sein Gesicht sprang uns mit einem unerwartet leidenschaftlichen Ausdruck entgegen. Wir sollten ihm helfen, bat er.

»Sprecht von der Nacht, davon, daß sie mondlos ist. Über was man spricht, darauf kommt es kaum an, nur auf die Zuversicht, mit der es gesagt wird, und auf das Wohlwollen, mit dem es aufgenommen wird. Irene, meine Frau, war eine ungewöhnliche Frau, wir hätten alles teilen können, und dennoch, dennoch hat uns nichts verbunden, wir konnten uns nicht näherkommen. Sie starb in meinen Armen, und im letzten Augenblick fragte ich sie: ›Bist du glücklich, Irene? Habe ich dich glücklich gemacht?‹ ›Glücklich, glücklich, glücklich‹, das waren ihre letzten Worte – wie doppelsinnig. Ich habe niemals verstanden, ob sie ja sagen wollte oder ob sie lediglich wie ein Echo antwortete: Ich würde es wissen, wenn ich sie jemals gekannt hätte. Meine Söhne. Ich erfreue mich nicht ihrer Wertschätzung; und doch, ich habe gerade dies gewünscht, mehr als Mann denn als Vater. Unglücklicherweise sind sie der Ansicht, daß sie etwas Beschämendes über mich wissen. Ich will euch sagen, was es ist.« Seine männlichen Augen, die das Kerzenlicht spiegelten, prüften uns einen nach dem anderen, als wolle er sich unseres Vertrauens, unserer Aufmerksamkeit versichern. »Vor fünf Jahren, beinahe vor sechs Jahren, fand ich auf meinem Sitzplatz in der Bahn eine Kinderzeitschrift, die ein Kind dort hatte liegen lassen. Ich nahm sie an mich, und beim Durchblättern las ich auf der letzten Seite Adressen von Kindern, die mit anderen Kindern korrespondieren wollten. Darunter war auch ein kleines Mädchen in Alaska, ihr Name verlockte mich: Heather Falls. Ich sandte ihr eine Ansichtskarte; Gott, mir schien es nur nett und harmlos, das zu tun. Sie antwortete umgehend, und der Brief überraschte mich; es war ein sehr intelligenter

Bericht über das Leben in Alaska, reizende Beschreibungen von der Schaffarm ihres Vaters und von Nordlichtern. Sie war dreizehn und fügte eine Photographie von sich bei, kein hübsches, aber ein klug und freundlich aussehendes Kind. Ich durchsuchte einige alte Photoalbums und fand eine Aufnahme von mir auf einem Angelausflug, als ich fünfzehn war; draußen in der Sonne, mit einer Forelle in der Hand, sie sah aus, als ob sie gerade gemacht sei. Ich schrieb ihr, als sei ich noch immer dieser Junge, erzählte ihr von dem Gewehr, das ich zu Weihnachten bekommen hätte, daß die Hündin Junge habe und wie wir sie nannten, beschrieb einen Wanderzirkus, der unsere Stadt besucht habe. Wieder ein Junge zu sein, der heranwuchs und der eine kleine Liebste in Alaska hatte, nun ja, das war ein Spaß für einen alten Mann, der allein dasaß und dem Ticken seiner Uhr lauschte. Später dann schrieb sie, daß sie sich in einen Jungen verliebt habe, den sie kannte, und ich erlebte einen wirklichen Anfall von Eifersucht, so wie ihn ein Jüngling fühlen würde. Aber wir blieben Freunde; vor zwei Jahren, als ich ihr schrieb, daß ich nun soweit sei, mein Jurastudium zu beginnen, sandte sie mir ein Goldklümpchen. Es würde mir Glück bringen, schrieb sie.« Er nahm es aus seiner Tasche und zeigte es uns; sie, Heather Falls, kam uns ganz nahe dadurch, als ob die freundliche

Gabe, die auf seinem Handteller schimmerte, ein Teil ihres Herzens sei.

»Und was finden sie daran beschämend?« fragte Dolly, eher ungehalten als entrüstet. »Daß Sie einem einsamen kleinen Kind in Alaska Gesellschaft geleistet haben? Es schneit dort soviel.«

Richter Cool schloß seine Hand über dem Goldklümpchen. »Nicht daß sie es jemals mir gegenüber erwähnt hatten. Aber ich hörte meine Söhne und ihre Frauen einmal nachts darüber sprechen; sie fragten sich, was sie mit mir machen sollten. Sie hatten natürlich in meinen Briefen herumspioniert. Ich halte nichts von verschlossenen Schubladen; es scheint mir sonderbar, wenn ein Mann nicht ohne Schlüssel auskommen kann, in einem Haus, das, einmal wenigstens, sein eigenes Haus war. Sie denken alle, es ist ein Zeichen von...« Er tippte an seine Stirn.

»Ich kriegte einmal einen Brief. Collin, Süßer, gib mir ein Schlückchen«, bat Catherine, und das bezog sich auf den Wein. »Todsicher, ich kriegte einmal einen Brief, hab ihn noch irgendwo, hab ihn schon zwanzig Jahr! Keine Ahnung, von wem er war. Stand drin: ›Hallo Catherine, komm nach Miami, heirat mich, in Liebe Bill.‹«

»Catherine. Ein Mann hat dich gefragt, ob du ihn heiraten willst – und du hast mir nie ein Wort davon erzählt?«

Catherine zuckte die Schultern. »Weshalb auch, Dollyherz? Was hat der Richter grad gesagt? Man kann nicht jedermann alles sagen. Zudem, ich hab einen Haufen Bills gekannt. Hab nicht dran herumstudiert, ob ich einen heiraten sollte. Aber es plagte mich, welcher war's von den Bills, der den Brief geschrieben hat? Das möcht ich wissen. War der einzige Brief, den ich je gekriegt hab. Konnt der Bill sein, der das Dach auf mein Haus gelegt hat. Freilich, als das Dach dann drauf war – großer Gott, ich werde alt, hab lang nicht mehr mit einem Gedanken daran gedacht. Und dann der Bill, der den Garten umpflügte, Frühling 1913 war das; der Mann konnte eine grade Furche ziehen. Und der Bill, der den Hühnerstall gebaut hat; der hatte dann einen Job bei Pullman; kann schon sein, daß er den Brief geschrieben hat. Oder der Bill – uh, uh, der hieß doch Fred – Collin, mein Zuckerstück, der Wein da ist mächtig gut.«

»Ich könnte auch noch einen Tropfen mehr davon vertragen«, sagte Dolly. »Ich meine, weil Catherine mir so einen ...«

»Hmm«, brummte Catherine.

»Wenn du doch langsamer sprechen würdest oder weniger kautest ...« Der Richter dachte, daß Catherines Watte Kautabak sei.

Riley hatte sich etwas von uns zurückgezogen; in

sich versunken starrte er schweigend in die belebte Nacht: Ich, ich, ich, rief ein Vogel. »Sie haben nicht recht, Richter«, sagte er.

»Wie das, mein Lieber?«

Rileys Gesicht wurde von der plötzlichen inneren Unruhe überschwemmt, die ich schon an ihm kannte. »Ich bin nicht in Not; ich bin gar nichts – oder würdet ihr das meine Not nennen? Ich liege wach und frage mich: Was weiß ich, was zu tun ist? Jagen, Auto fahren, mich herumtreiben; und es erschreckt mich, wenn ich denke, daß das alles sein könnte, was bei mir herauskommt. Noch etwas, ich habe keine Gefühle – ausgenommen für meine Schwestern, was etwas anderes ist. Zum Beispiel, ich bin mit diesem Mädchen von Rock City beinahe ein Jahr lang gegangen, die längste Zeit, die ich jemals mit einem Mädchen zusammen war. Es wird ungefähr eine Woche her sein, da brauste sie auf und fragte: ›Wo ist dein Herz?‹ Fügte noch hinzu, wenn ich sie nicht liebte, würde es sie bald umbringen. Also hielt ich den Wagen auf den Eisenbahngeleisen an. ›Schön‹, sagte ich, ›laß uns ruhig hier sitzenbleiben, der Schnellzug ist in ungefähr zwanzig Minuten fällig.‹ Wir sahen uns ununterbrochen an, und ich dachte: Ist es nicht gemein von mir, daß ich dich ansehe und nichts fühle außer ...«

»Außer Eitelkeit?« sagte der Richter.

Riley verneinte es nicht. »Und wenn meine Schwestern alt genug wären, um für sich selbst zu sorgen, wäre es mir recht gewesen zu warten, bis der Schnellzug uns zermalmt hätte.«

Es drehte mir den Magen um, ihn so reden zu hören; ich sehnte mich, ihm zu sagen, daß er alles war, was ich mir zu sein wünschte.

»Sie sagten vorher etwas über den einzigen Menschen in der Welt. Warum konnte sie mir das nicht sein? Es ist das, was ich brauche; allein tauge ich nichts. Kann sein, wenn ich in dieser Art für jemanden fühlen könnte; dann würde ich Pläne machen und sie ausführen. Würde den Streifen Land hinter Parsons Anwesen kaufen und Häuser darauf bauen – ich könnte das tun, wenn ich ruhiger wäre.«

Ein aufkommender Wind rauschte durch das Laub, zerriß die Nachtwolken; Sterne erschienen und verschütteten ihr Licht. Unsere Kerze, als sei sie durch die Klarheit des offenen, sterndurchstickten Himmels eingeschüchtert, flackerte, und über uns konnten wir einen späten, fernen, winterlichen Mond sehen. Er war wie eine Scheibe von Schnee, nahe und ferne Geschöpfe riefen ihn an, hingekauerte mondäugige Frösche, eine krallenstimmige Wildkatze. Catherine wühlte die rosa Flickendecke heraus und bestand darauf, daß Dolly sich einhüllte. Dann schloß sie mich in die Arme und zog meinen

Kopf zu sich, bis ich ihn an ihrem Busen ruhen ließ. »Frierst du?« fragte sie, und ich kuschelte mich näher heran; sie war so gut und warm wie die alte Küche.

»Sohn, ich möchte dir sagen, daß du es am falschen Ende anpackst«, sagt der Richter und schlug seinen Mantelkragen hoch. »Wie kannst du dich um ein einziges Mädchen sorgen? Hast du dich jemals um ein einzelnes Blatt gesorgt?«

Riley, der der Wildkatze mit der begehrlichen Miene eines Jägers lauschte, haschte nach einem der Blätter, die um uns herabtaumelten wie Mitternachtsschmetterlinge; lebendig und flatternd, als wollte es ihm entwischen und weiterfliegen, hielt er eins in seinen Fingern gefangen. Auch der Richter fing sich ein Blatt; und in seiner Hand schien es bedeutungsvoller zu sein als in der von Riley. Er preßte es sanft gegen seine Wange und sagte zurückhaltend: »Wir sprechen von Liebe. Ein Blatt, eine Handvoll Samen – damit beginne, und lerne ein wenig, was es heißt, zu lieben. Erst einmal ein Blatt, ein Regenschauer, und dann jemanden, der das empfängt, was das Blatt dich gelehrt hat, was der Regenschauer reifen ließ. Kein einfacher Vorgang, versteh mich recht; es kann die Zeit eines ganzen Lebens hingehen, es hat die meine gebraucht, und dennoch, ich kann es noch immer nicht meistern. Ich weiß nur, wie wahr das ist: daß Liebe eine Kette von Liebe ist wie Natur eine Kette von Leben.«

»Dann«, sagte Dolly und holte tief Atem, »dann habe ich mein ganzes Leben lang geliebt.« Sie sank in ihre Decke zurück. »Nun ja, nein«, und ihre Stimme wurde schwächer. »So nicht, meine ich. Ich habe niemals einen«, während sie nach dem Wort suchte, scherzte der Wind mit ihrem Schleier, »einen Gentleman geliebt. Ihr könnt sagen, daß ich dazu niemals Gelegenheit hatte. Ausgenommen Papa«, sie hielt inne, als ob sie schon zuviel gesagt hätte. Ein Flor von Sternenlicht umhüllte sie so dicht wie ihre Decke; irgend etwas, die deklamierenden Frösche, die Kette der Stimmen, die aus dem Grasfeld zu uns sich spannte, verlockten und drängten sie. »Aber sonst habe ich alles andere geliebt. Wie die Farbe Rosa, als Kind hatte ich einen Buntstift, und er war rosa; ich zeichnete rosa Katzen, rosa Bäume – vierunddreißig Jahre lang habe ich in einem rosa Zimmer gelebt. Und in einer bestimmten Schachtel, sie ist jetzt irgendwo auf dem Dachboden – ich muß Verena bitten, sie mir zu geben – es wäre schön, meine ersten Lieben wiederzusehen. Was ist darin? Eine getrocknete Honigwabe, ein leeres Wespennest, noch andere Dinge, oh, und ein orangefarbenes Büchschen mit Gewürznelken, und ein Eichelhäherei. Wenn ich liebte, dann sammelte sich die Liebe so in mir an, daß ich hätte fliegen können wie ein Vogel über einem Sonnenblumenfeld. Aber es ist besser, solche Dinge nicht zu zeigen, es belastet die Leute und macht sie, ich weiß nicht warum, unglücklich. Verena schilt mich für das, was sie Versteckspielen nennt, aber ich bin bange, die Menschen zu verwunden, wenn ich ihnen zeige, daß ich mir etwas aus ihnen mache. Wie damals Paul Jimsons Frau; als er krank wurde und das Altpapier nicht mehr abholen konnte, erinnert ihr euch, wie sie seine Arbeit übernahm? Das arme, kleine, dünne Ding, das sich unter diesem Papiersack schleppte. An einem kalten Nachmittag kam sie herauf in die Vorhalle, und ihre Nase lief, und ihre Augen tränten vor Kälte – sie setzte den Papiersack ab, und ich sagte: ›Warte, ruh aus.‹ Ich nahm mein Taschentuch, um ihre Augen zu trocknen. Ich versuchte, ihr zu sagen, daß ich traurig war und daß ich sie liebte. Meine Hand streifte leicht ihr Gesicht, sie wandte sich mit einem dünnen Schrei um und lief die Stufen wieder herunter. Von da an nahm sie das Papier nur auf der Straße entgegen, und immer, wenn ich das in der Vorhalle hörte, durchfuhr es mich.«

»Paul Jimsons Frau – kümmerst dich um so eine Schlampe!« schimpfte Catherine und spülte ihren Mund mit dem Rest des Weines. »Ich habe ein Glas mit Goldfischen gehabt – bloß weil ich die mag, darum liebe ich noch lange nicht die ganze Welt. Mögen tu ich allerhand, mein Herz! Kannst reden, was du willst, bringt nichts wie Kummer, bringt herauf, was besser begraben wär, die Leute sollten mehr für sich behalten. Der tief drunterste, eigenste Teil von dir, das ist der gute Teil: Was bleibt übrig von einem menschlichen Wesen, wenn es herumläuft und über Privatsachen spricht? Der Richter, der sagte, wir sitzen hier oben – aus Not oder sonst was. Pöh! Sehr gute Gründe haben wir, daß wir hier sind. Erstens unser Baumhaus ist das. Numero zwei, ›Jene‹ und der Jude möchten stehlen, was uns gehört. Drei, du hier, wir hier, weil wollen hier sein – der tiefdrunterste Teil sagt euch das. Für mich gilt das nicht. Ich mag ein Dach über meinem Kopf. Dollyherz, gib dem Richter einen Teil von der Decke da – der Mann bibbert wie am Abend vor Allerheiligen.«

Schüchtern hob Dolly einen Zipfel ihrer Decke und nickte ihm zu; der Richter, ganz und gar nicht schüchtern, schlüpfte darunter. Die Äste des Paternosterbaumes schwangen wie riesige Ruder, die in einen See tauchen, aufgewühlt und fröstelnd im Licht der fernen, fernen Sterne. Alleingelassen saß Riley in sich gekauert da, wie ein elendes Waisenkind. »Kuschel dich, Dickkopf! Du hast kalt wie wir«, sagte Catherine und bot ihm den Platz zu ihrer Rechten an, den ich an ihrer linken Seite einnahm. Er schien es nicht recht zu wollen; mag sein, daß er bemerkte, daß sie wie Nieswurz roch, vielleicht auch hielt er es für weibisch, aber ich riet ihm: »Nur zu, Riley; Catherine ist gut und warm, besser als eine Decke.« Nach einer Weile rückte Riley an uns heran. Es war so lange still, daß ich dachte, alle wären eingeschlafen. Dann fühlte ich, wie Catherine erstarrte. »Grad ist mir aufgegangen, wer mir den Brief geschickt hat, nämlich Bill Niemand. ›Jene‹, die war es. So wahr ich Catherine Creek heiße, die hat einen Nigger in Miami geangelt, mir den Brief mit der Post zu schicken, dachte, ich würde von hier ausreißen, kein Mensch würde mehr was von mir hören.« Dolly murmelte schläfrig: »Pscht, pscht, still, mach die Augen zu. Wir brauchen nichts zu fürchten; wir haben Männer, die für uns wachen.« Ein Zweig schwang zurück, Mondlicht durchflutete den Baum. Ich sah, wie der Richter Dollys Hand nahm. Das war das letzte, was ich sah.

IV

Riley war der erste, der erwachte, und er weckte mich. Ohnmächtig erblichen am Horizont drei morgendliche Sterne in der plötzlichen Flut des Sonnenaufgangs. Tau blitzte wie Flitter auf den Blättern, eine nachtschwarze Kette von Amseln schwang sich empor in das rasch steigende Licht. Riley winkte mir, mit ihm zu kommen; wir schlüpften lautlos aus dem Baum. Die mit Inbrunst schnarchende Catherine hörte nicht unseren Aufbruch, noch hörten ihn Dolly und der Richter, die Wange an Wange schliefen wie zwei Kinder, die sich in einem verwunschenen Wald verirrt haben.

Wir hielten auf den Fluß zu, Riley führte, die Hosenbeine seiner Segeltuchhose raschelten aneinander. Hin und wieder stand er still und reckte sich, als ob er lange in der Eisenbahn gefahren sei. Irgendwo stießen wir auf einen Hügel roter Ameisen, auf dem jetzt schon geschäftiges Leben herrschte. Riley knöpfte sich auf und begann, ihn unter Wasser zu setzen; ich begriff zwar nicht, was daran komisch war, aber ich lachte, um ihm Gesellschaft zu leisten.

Natürlich kränkte es mich, als er schwenkte und auf meinen Schuh pinkelte. Vermutlich sollte das bedeuten, er habe keinen Respekt vor mir. Ich fragte, warum er das täte. »Verstehst du keinen Spaß?« sagte er und legte den Arm herzlich um meine Schultern.

Wenn solche Ereignisse zeitlich bestimmt werden können, so würde ich denken, dies war der Augenblick, in dem Riley Henderson und ich Freunde wurden; in diesem Augenblick erwachte in Riley ein liebevolles Gefühl für mich, das meine Neigung zu ihm nährte. Wir drangen durch das dornige Unterholz unter braunen Bäumen in der Düsternis der Wälder zum Fluß vor.

Auf dem langsamen grünen Wasser trieben Blätter wie scharlachfarbene Hände. Das festgefahrene Ende eines halbversunkenen Baumstammes sah wie der spähende Kopf irgendeines Flußtieres aus. Das Wasser wurde klarer, als wir uns dem alten Hausboot näherten. Das Hausboot war leicht abgesackt; eine Menge von angetriebenem Zeug bedeckte wie ein dichter Rost sein geneigtes Deck und das Kajütendach. Das Innere der Kabine sah geheimnisvoll nach Unheil aus. Nummern eines Abenteurermagazins lagen umhergestreut, und neben der Petroleumlampe auf dem Tisch stand eine Reihe leerer Bierflaschen. Die Schlafkoje ließ eine Decke und ein Kissen sehen, und das Kissen wies blaßrote Spuren eines Lippenstiftes auf. Mit einem Schlag begriff ich, daß das Hausboot irgend jemandes Versteck sei; und das Grinsen auf Rileys vertrautem Gesicht verriet, wessen Versteck es war. »Das beste an der Sache ist«, bemerkte er, »daß du da drüben an der Seite angeln kannst. Erzähle niemandem davon.« Bewunderung drang mir ins Herz.

Während wir uns auszogen, hatte ich eine Art Wachtraum; mir träumte, das Hausboot wäre auf dem Fluß, mit uns fünfen an Bord, von Stapel gelaufen; unsere Wäsche flatterte wie Segel, in dem Kombüsenherd buk ein Kokosnußkuchen, ein Geranium blühte auf dem Fensterbrett. Zusammen trieben wir auf wechselnden Flußläufen an immer anderen Landschaften vorbei.

Trotz des scheidenden Sommers wärmte die steigende Sonne noch, aber der erste Sprung ins Wasser schickte mich zähneklappernd und mit einer Gänsehaut zurück auf Deck. Von dort aus sah ich Riley, wie er sich sorglos und mit kräftigen Stößen von einem Ufer zum anderen tummelte. Eine Insel mit Bambusbüschen, deren Röhricht so aufrecht stand wie Kranichbeine, erhob sich winddurchbebt aus einer seichten Stelle des Flusses, und Riley durchwatete sie mit dem spähend gesenkten Blick eines Jägers. Er winkte mir. Obwohl es schmerzhaft war, ließ ich mich wieder in den eisigen Fluß hinab und schwamm auf ihn zu. Das Wasser, dessen Strömung den Bambus neigte, war hier klar und in knietiefe Bassins unterteilt; über eines beugte sich Riley. In dem niedrigen Pfuhl lag schläfrig befangen ein rabenschwarzer Katzenfisch. Wir umschlossen ihn mit Fingern, hart wie Gabelzinken; er schnellte rücklings und warf sich unmittelbar in meine Hände. Die umherschlagenden messerscharfen Bartfäden rissen eine klaffende Wunde in meinen Handteller, aber ich hatte noch so viel Geistesgegenwart, ihn festzuhalten. Gott sei Dank, denn das war der einzige Fisch, den ich je gefangen habe. Wenn ich erzähle, daß ich einen Katzenfisch mit bloßen Händen gefangen habe, glaubt es mir kein Mensch. Ich antwortete dann nur: Bitte, fragt Riley Henderson. Wir trieben ein zugespitzes Bambusrohr durch seine Kiemen und hielten ihn über unsere Köpfe, als wir zum Hausboot zurückschwammen. Riley meinte, das sei einer der fettesten Katzenfische, die er je gesehen habe. Wir wollten ihn auf den Baum mitnehmen; und, da vorher der Richter sich gerühmt hatte, wie großartig er Katzenfische braten könne, sollte er ihn zum Frühstück zubereiten. Doch wie es sich später ergab, wurde dieser Fisch nie gegessen.

Unser Baumhaus war inzwischen in einer schrecklichen Lage gewesen. Während unserer Abwesenheit war der Sheriff mit ein paar Beauftragten zurückgekommen, und mit einem Haftbefehl, der sein Rückgrat stärkte. Dieses geschah in der Zeit, in der Riley und ich ohne eine Ahnung von diesen Geschehnissen herumfaulenzten, Fliegenpilze köpften und ab und zu Steine über das Wasser schnellten.

Schon aus einiger Entfernung hörten wir den wilden Tumult der Stimmen. Es schallte in den Bäumen wie von Axtschlägen. Ich hörte Catherine kreischen, vielmehr brüllen. Das machte meine Knie so weich, daß ich nicht mit Riley Schritt halten konnte, der sich einen Stock grapste und zu laufen begann. Ich schlug einen Haken, erst nach der einen Seite und dann nach der anderen, und dann kam ich, in der falschen Richtung, am Rande des Grasfeldes an. Und da stand Catherine.

Ihr Kleid war von unten bis oben zerrissen, sie war so gut wie nackt. Ray Oliver, Jack Mill und Bigg Eddie Stover, drei erwachsene Männer, Spießgesellen des Sheriffs, prügelten und schleiften sie durch das Gras. Ich hätte sie umbringen können, und Catherine versuchte es. Aber sie war der Sache nicht gewachsen, obwohl sie mit dem Kopf nach ihnen stieß und ihnen die Ellbogen in die Seiten rannte. Big Eddie Stover, ein uneheliches Kind, die beiden anderen waren eine Klasse für sich. Big Eddie Stover ging auf mich los, und ich klatschte ihm meinen Katzenfisch flach mitten ins Gesicht. Catherine schrie: »Laß meinen Kleinen sein, er ist Waise«, und als sie sah, daß er mich um die Hüften gepackt hatte, kreischte sie: »In die Klöten, Collin, tritt ihm in die alten Klöten!« Das tat ich. Big Eddies Gesicht gerann wie saure Milch. Jack Mill (der ein Jahr später aus Versehen in die Eisfabrik eingesperrt wurde und darin erfror – geschah ihm recht!) versuchte, mich blitzschnell zu greifen, aber ich sprang beiseite, mitten in das Feld, und duckte mich in das höchste Gras. Sie kümmerten sich dann nicht weiter um mich, sie hatten alle Hände voll zu tun mit Catherine; sie kämpfte mit ihnen auf der ganzen Strecke, und ich verfolgte sie mit meinen Blicken – ganz krank davon, daß ich nicht helfen konnte –, bis alle hinter dem Hügelrücken des Friedhofes verschwunden waren.

Zwei hadernde Krähen kreuzten über mir, und das schien mir ein böses Zeichen. Ich kroch auf die Wälder zu – da hörte ich neben mir schwere Stiefelschritte im Gras. Es war der Sheriff; mit ihm ein Mann namens Will Harris, hoch wie ein Tor, mit Schultern wie ein Stier. Seine Gurgel war einmal von einem tollen Hund zerfleischt worden; die Narben waren böse, aber noch böser klang seine schadhafte Stimme; sie war unsicher und infantil wie die eines Kastraten. Sie gingen so nah vorbei, daß ich beinahe

Wills Schuhbänder hätte aufbinden können. Die dünne Stimme, mit der er auf den Sheriff einschrie, überschlug sich, die Namen von Morris Ritz und Verena gellten. Ich konnte nicht genau ausmachen, was Will dazu bestimmte, den Sheriff in die Stadt zurückzuholen, außer natürlich, es wäre mit Verena und Morris Ritz irgend etwas passiert. Der Sheriff tobte: »Was zum Teufel will eigentlich diese Frau – eine Armee vielleicht?« Als sie gegangen waren, sprang ich auf und lief in die Wälder.

In der Nähe des Paternosterbaumes verbarg ich mich hinter einem Fächer aus Farn. Es konnte da wohl noch einer von den Leuten des Sheriffs herumlungern. Aber niemand war da, nur ein einsamer Vogel sang. Niemand auch in dem Baumhaus; leuchtende Sonnenbalken durchkreuzten, flüchtig wie Geisterrauch, seine Leere. Betäubt näherte ich mich und lehnte meinen Kopf gegen den Stamm des Baumes. In diesem Augenblick kehrte der Wachtraum des Hausbootes wieder: unsere Wäsche flatterte, das Geranium blühte, der rastlose Fluß trug uns rastlos zum Meer in die Welt.

»Collin.« Mein Name fiel vom Himmel herab. »Bist du's, den ich da höre. Weinst du?«

Dolly sprach von irgendwoher, wo ich sie nicht sehen konnte – bis ich, ins Herz des Baumes kletternd, ihren kindlichen Schuh ziemlich hoch über mir wippen sah. »Gib acht, Jung«, sagte der Richter neben ihr, »du wirst uns hier herunterschütteln.« Tatsächlich, sie saßen, wie Möwen auf dem Mast eines Schiffes, in der äußersten Spitze des Baumes; später stellte Dolly fest, daß die Aussicht dort oben so bezaubernd sei, daß sie bedauerte, nicht schon früher dort gewesen zu sein. Wie es sich zeigte, hatte der Richter den Anmarsch des Sheriffs und seiner Leute rechtzeitig genug bemerkt, um Zuflucht in diesen Höhen zu suchen. »Wart, wir kommen«, sagte Dolly, und auf den einen Arm des Richters gestützt, schwebte sie wie eine vornehme Dame herab, leicht wie ein Sternenflug.

Wir küßten uns; sie ließ nicht ab, mich zu umarmen. »Catherine – sie schaute nach euch aus. Wir wußten nicht, wo ihr wart, und ich war so bange, ich . . .« Ihre Furcht kribbelte durch meine Hände. Sie fühlte sich an wie ein kleines, zitterndes Tier, wie ein Kaninchen, das man gerade aus der Falle genommen hat. Der Richter sah mit demütigen Blicken herüber, und seine Hände tappten umher. Anscheinend meinte er vielleicht, daß er schuldig sei uns gegenüber, weil er Catherines Mißgeschick nicht hatte verhindern können. Aber was hätte er schon tun können? Wenn er ihr Beistand geleistet hätte, wäre er selbst verhaftet worden; der Sheriff und Big Eddie Stover und die anderen spaßten nicht.

Der einzig Schuldige war ich. Wenn Catherine mich nicht gesucht hätte, dann hätte man sie nicht weggeschleppt. Ich erzählte, was sich im Grasfeld zugetragen hatte.

Aber Dolly wollte eigentlich gar nichts davon wissen. Als wenn sie einen Traum scheuchte, schlug sie ihren Schleier zurück. »Ich möchte glauben, daß Catherine nicht mehr da ist; ich kann es aber nicht glauben. Wenn ich könnte, würde ich laufen, um sie zu finden. Ich möchte glauben, daß Verena das alles getan hat; ich kann es aber nicht glauben. Collin, was meinst du: Ist das alles so, weil die Welt böse ist? Letzte Nacht – da sah ich es ganz anders.«

Der Richter senkte seinen Blick in den meinen; er versuchte wohl, mir zu bedeuten, was ich antworten solle. Aber das wußte ich selbst. Aus welchen Leiden auch die Welt zusammengesetzt ist – alle Eigenwelten sind gut, sie sind niemals unbewohnbar und gewöhnlich. Dolly war in sich zu verfeinert; das eine, was sie mit Catherine und mir teilte, war, daß sie die Winde des Bösen, die ringsum wehten, spürte: »Nein, Dolly, die Welt ist kein schlimmer Ort.« Sie strich sich mit der Hand über die Stirn. »Wenn du recht hast, dann wird Catherine im nächsten Augenblick unter dem Baum zu sehen sein; dich und Riley hat sie nicht gefunden, aber sie wird zurückgekehrt sein.«

»Übrigens«, fragte der Richter, »wo ist Riley?«

Riley war mir vorausgelaufen, das war das letzte, was ich von ihm gesehen hatte. Mit einem Schrekken, der uns gleichzeitig überfiel, erhoben wir uns, der Richter und ich, und begannen, laut seinen Namen zu schreien. Unsere Rufe, die langsam durch die Wälder hallten, erstarben immer wieder in der Stille. Ich wußte, was geschehen war; er war in einen alten Indianerbrunnen gestürzt, ich wußte von mehr als einem solchen Fall. Schon wollte ich diese Vermutung äußern, als der Richter den Finger auf die Lippen legte. Der Mann mußte so scharfe Ohren haben wie ein Hund, denn ich konnte noch keinen Laut hören. Er hatte recht, jemand war auf dem Weg. Es stellte sich heraus, daß es Maude Riordan und Rileys ältere Schwester, die hübsche Elizabeth, waren. Sie waren nahe Freundinnen und hatten die gleichen weißen Sweater an. Elizabeth trug einen Geigenkasten.

»Schau her, Elizabeth«, rief der Richter, und die Mädchen erschraken, denn bis jetzt hatten sie uns noch nicht entdeckt. »Kind, hast du deinen Bruder gesehen?«

Zuerst erholte sich Maude, und sie war es, die antwortete: »Ja, gewiß, wir sahen ihn«, sagte sie mit Nachdruck. »Ich habe Elizabeth aus ihrer Stunde heimbegleitet, als Riley mit einem Tempo von neunzig Meilen daherkam; er rannte uns beinahe um. Du solltest eigentlich reden, Elizabeth. Jedenfalls bat er uns, hier hinunterzugehen und euch zu sagen, ihr möchtet euch nicht sorgen, er würde später alles erklären. Oder was er sonst damit meinte.«

Maude und Elizabeth waren beide in meiner Klasse gewesen, hatten einen Kursus übersprungen und sollten schon im kommenden Juni ihre Prüfung machen. Besonders Maude kannte ich gut, denn einen Sommer lang hatte ich Klavierstunden bei ihrer Mutter genommen; ihr Vater gab Violinstunden, und Elizabeth Henderson war eine von seinen Schülerinnen. Maude spielte ausgezeichnet Geige; gerade vor einer Woche hatte ich im Stadtblatt gelesen, daß sie aufgefordert worden war, für das Radio in Birmingham zu spielen. Ich freute mich darüber. Die Riordans waren nette Leute, rücksichtsvoll und fröhlich. Nicht weil ich Klavier spielen wollte, nahm ich diese Stunden bei Mrs. Riordan – ich mochte vielmehr ihre blonde Molligkeit, die sympathische und gebildete Art ihrer Unterhaltung, während wir vor dem prächtigen Klavier saßen, das nach Politur und feinen Sitten roch; und was ich ganz besonders liebte, war, wenn Maude mich dann später zu einer Limonade in die rückwärts gelegene kühle Halle bat. Sie hatte eine Stupsnase und kleine Elfenohren, sie war ein mageres, reizbares Mädchen, das von ihrem Vater die schwarzen irischen Augen geerbt hatte und von der Mutter das Platinhaar, das bleich war wie Morgenlicht – ganz verschieden von ihrer besten Freundin, der beseelten und überschatteten Elizabeth. Ich weiß nicht, worüber die beiden sprachen, vielleicht über Bücher und Musik. Aber mit mir sprach Maude über Jungens, über bestimmte Vorfälle, über Drugstore-Klatsch. Fand ich es nicht auch schrecklich, daß Riley Henderson mit diesen furchtbaren Mädchen herumstreunte? Elizabeth tat ihr so leid, und wie erstaunlich war es von Elizabeth, daß sie trotz allem den Kopf nicht hängen ließ. Es erforderte keine besondere Klugheit, zu sehen, daß Maude ihr Herz an Riley verloren hatte; trotzdem bildete ich mir eine Zeitlang ein, daß wir uns liebten. Zu Hause sprach ich dauernd von ihr, bis Catherine eines Tages zum besten gab: »Oh, Maude Riordan, die ist zu mager, nirgends kann man sie zwicken; ein Mann muß beklopft sein, wenn er mit der seine Zeit vertrödelt.« Einen Abend führte ich Maude ganz groß aus, schmückte ihr Mieder eigenhändig mit Wickenblüten und nahm sie mit in Phils Café, wo wir Kansas City-Steaks aßen, und danach gingen wir zu einer Tanzerei ins Lola Hotel. Trotzdem benahm sie sich, als habe sie nicht erwartet, einen Gutenachtkuß von mir zu bekommen. »Ich glaub nicht, daß das sein muß, Collin – aber es war fein von dir, mich auszuführen.« Ich war ziemlich niedergeschlagen, man kann sich denken, warum; aber weil ich es mir nicht erlaubte, darüber nachzugrübeln, ging unsere Freundschaft unverändert weiter. Eines Tages unterließ Mrs. Riordan es, mir wie gewöhnlich am Ende der Stunde ein neues Stück als Hausaufgabe zu bestimmen; statt dessen teilte sie mir freundlich mit, daß sie es vorziehen würde, mir keine weiteren Stunden geben zu müssen. »Wir haben dich sehr gern, Collin. Ich brauche dir nicht zu sagen, daß du jederzeit in unserm Haus willkommen bist. Aber, Lieber, du hast keine Begabung für Musik. Das ist nun einmal so, und es wäre nicht recht von uns, so zu tun, als verhielte es sich anders.« Sie hatte recht, aber trotzdem war mein Stolz verletzt, ich fühlte mich hinausgeworfen; es machte mich ganz elend, an die Riordans zu denken; bald aber nach der Zeit, die ich brauchte, um meine wenigen schwer erlernten Klavierstücke zu vergessen, fiel allmählich über alles der Vorhang. Anfangs sprach mich Maude noch manchmal nach der Schule an und lud mich ein; ich hatte aber bald diese, bald jene Ausrede. Es war außerdem Winter, und ich saß so gern mit Dolly und Catherine in der Küche. Catherine wollte wissen: »Was ist los? Du sprichst nie mehr über Maude Riordan.« Ich erklärte: »Ich mag nicht, weil ich nicht mag.«

Aber all die Zeit, in der ich nicht über sie sprach, muß ich an sie gedacht haben; wenigstens, als ich sie unter dem Baum sah, beengten wieder die alten Gefühle meine Brust. Zum ersten Male wurde ich mir unserer Lage bewußt: Waren wir, der Richter, Dolly und ich, für Maude und Elizabeth nicht ein lächerlicher Anblick? Sie konnten das beurteilen, sie waren in meinem Alter. Aber sie blieben so unbefangen, als hätten wir uns eben auf der Straße oder im Drugstore getroffen.

Der Richter fragte: »Maude, wie geht's deinem Papa? Habe gehört, er fühlt sich nicht besonders.«

»Er kann nicht klagen. Sie wissen ja, wie Männer sind, immer ein bißchen wehleidig. Und Sie selbst, Sir?«

»Nicht der Rede wert«, entgegnete der Richter zerstreut. »Grüß ihn von mir, und sag ihm, ich hoffe, daß es ihm bald besser geht.«

Maude nickte liebenswürdig: »Ja, Sir, danke. Ich weiß, er wird die Erkundigung zu schätzen wissen.« Sie legte ihren Rock in die richtigen Falten und ließ sich neben der unwilligen Elizabeth im Moos nieder. Niemand hatte Elizabeth jemals einen Kosenamen gegeben; wenn jemand anfing, sie Betty zu nennen, dann war er nach einer Woche wieder bei Elizabeth. So wirkte sie. Ermattet, schlank wie eine Banane, hatte sie schwarze Pferdehaare und einen abwesenden, manchmal fast heiligen Gesichtsausdruck; in einem Email-Medaillon, das um ihren lilienstengeldünnen Hals hing, befand sich eine Miniatur ihres Vaters, des Missionars. »Schau, Elizabeth, ist das nicht ein kleidsamer Hut, den Miß Dolly aufhat? Samt, mit einem Schleier.«

Dolly richtete sich auf und tastete nach ihrem Kopf. »Für gewöhnlich trage ich keine Hüte – aber wir hatten eine Reise vor.«

»Wir hörten, daß Sie aufgebrochen waren«, begann Maude und fuhr in etwas freierem Ton fort: »Wirklich, das ist's, worüber alle Welt redet, nicht wahr, Elizabeth?« Elizabeth nickte ohne jede Anteilnahme. »Bei Gott, es gehen da ganz ungewöhnliche Klatschgeschichten um. Zum Beispiel, wir haben da auf dem Weg Gus Ham getroffen, und er erzählte, daß diese farbige Frau, Catherine Crook (heißt sie eigentlich so?) eingesperrt worden ist, weil sie Mrs. Buster mit einer Marmeladenbüchse verletzt hat.«

Dolly murmelte mit gesenkter Stimme: »Catherine – sie hat damit nichts zu tun.«

»Irgend jemand, vermuten wir, hat es aber getan«, meinte Maude. »Wir sahen heute morgen Mrs. Buster auf der Post, sie zeigte jedermann eine Beule auf ihrem Kopf, eine ziemlich große Beule. Es schien uns, daß sie nicht log, meinst du nicht auch, Elizabeth?« Elizabeth gähnte. »Sicherlich, mir ist es gleich, wer es getan hat, ich denke, derjenige müßte jedenfalls einen Orden dafür bekommen.«

»Nein«, seufzte Dolly, »das ziemt sich nicht; es hätte nicht sein dürfen. Wir werden das alle sehr zu bereuen haben.«

Endlich bemerkte Maude auch mich. »Ich wollte dich gern sehen, Collin«, sagte sie eilig, als wolle sie eine Verlegenheit überbrücken, die meine natürlich, nicht die ihre. »Elizabeth und ich wollen am Abend vor Allerheiligen ein Fest geben, ein richtig unheimliches, und wir dachten, es wäre ganz groß, wenn du als Skelett verkleidet in einem dunklen Zimmer säßest und den Leuten wahrsagtest, weil du so begabt bist zum ...«

»Zum Schwindeln«, ergänzte Elizabeth unparteiisch.

»Was dasselbe ist wie Wahrsagen«, bestätigte Maude nachdrücklich.

Ich weiß nicht, was sie auf die Idee brachte, daß ich ein so guter Geschichtenerzähler sei, vielleicht meine auffallende Begabung, mir in der Schule Alibis zu verschaffen. Ich sagte, das wäre ja großartig, das mit der Gesellschaft. »Aber, besser, ihr rechnet nicht mit mir. Bis dahin können wir längst im Gefängnis sein.«

»O natürlich, in diesem Fall«, sagte Maude, als

wäre das eine meiner altgewohnten Entschuldigungen dafür, nicht in ihr Haus zu kommen.

»Sag mal, Maude«, der Richter versuchte, das plötzlich eingetretene Schweigen zu überbrücken, »du wirst noch eine Berühmtheit werden. Ich las in der Zeitung, daß du im Radio spielen sollst.«

Als ob sie wach träumte, erklärte sie uns, daß das Auftreten im Radio der Abschluß einer Staatsprüfung sei; wenn sie bestünde, erhielte sie als Preis ein Stipendium für die Musikhochschule. Sogar der zweite Preis bedeutete die Hälfte der Studienkosten. »Ich werde ein Stück von Papa spielen, eine Serenade; er hat sie für mich geschrieben an dem Tag meiner Geburt. Doch das soll eine Überraschung sein, er darf es vorher nicht wissen.«

»Spiele es ihnen vor«, sagte Elizabeth und öffnete den Geigenkasten.

Maude war großzügig, sie ließ sich nicht bitten. Zärtlich hob sie die weinrote Geige unters Kinn und stimmte sie mit ein paar Läufen; ein bronzener Schmetterling, der auf dem Bogen rastete, wurde hinweggewirbelt, als der Bogen über die Saiten fuhr; eine Melodie erhob sich, die wie ein Sturm von dahinwirbelnden Schmetterlingen war, wie die Signalrakete des anbrechenden Frühlings, süß anzuhören mitten im Blätterfall der Wälder. Sie wurde trauriger, verhaltener; das Silberhaar fiel über die

Geige. Wir applaudierten; als wir geendet hatten, klatschte ein geheimnisvolles Händepaar weiter. Riley trat aus einer Farnwand hervor, und Maude errötete, als sie ihn sah. Ich glaube nicht, daß sie so gut hätte spielen können, wenn sie gewußt hätte, daß er zuhörte.

Riley schickte die Mädchen nach Hause; sie schienen nur widerstrebend zu gehen, aber Elizabeth war Ungehorsam gegen ihren Bruder nicht gewohnt. »Sperr die Türen ab!« befahl er ihr, »und, Maude, ich sähe es gern, wenn du die Nacht bei uns bleiben würdest. Wenn jemand nach mir fragt, sage einfach, du weißt nicht, wo ich bin.«

Ich mußte ihm in den Baum hinaufhelfen, denn er hatte sein Gewehr mit und einen mit Vorräten schwer bepackten Rucksack: eine Flasche Dessertwein, Orangen, Sardinen, Würstchen, Hörnchen aus der Bäckerei zur Heuschrecke, eine Riesenbüchse mit Mürbeplätzchen; jeder neue Mundvorrat erweckte unsere Lebensgeister; und Dolly, die von den Mürbeplätzchen überwältigt war, verkündete, Riley müsse unbedingt einen Kuß bekommen.

Aber unsere Gesichter wurden sehr ernst, als wir seinen Bericht hörten.

Nachdem wir uns im Wald getrennt hatten, war er in der Richtung gelaufen, aus der Catherines Geschrei kam. Dann, als er meine Rauferei mit Big

Eddie Stover sah, hatte er sich ins Gras geworfen. Ich fragte: »Warum hast du mir nicht geholfen?« »Weil du es gut gemacht hast. Ich kann mir denken, daß Big Eddie dich so bald nicht vergessen wird. Der arme Kerl humpelte nur so auf beiden Beinen.« Außerdem war ihm eingefallen, daß niemand wußte, daß er einer von uns war und daß er mit uns im Baum gewesen war; es war besser gewesen, es zu verschweigen, denn das ermöglichte ihm, Catherine und den Beauftragten in die Stadt zu folgen. Sie hatten Catherine in den Notsitz von Big Eddies Wagen gestopft und brachten sie geradeswegs ins Gefängnis. Riley folgte ihnen mit seinem Wagen. »Als wir beim Gefängnis anlangten, schien sie sich beruhigt zu haben; eine kleine Volksmenge hatte sich da versammelt, Kinder, ein paar alte Farmer – ihr wäret stolz auf Catherine gewesen, wie sie da hindurchschritt und ihr Kleid zusammenhielt – und ihren Kopf so.« Er warf den Kopf zurück wie ein Erzengel. Wie oft hatte ich das an Catherine erlebt, besonders wenn jemand sie tadelte, weil sie Teile von unserem Puzzlespiel versteckte, falsche Gerüchte verbreitete und mit ihrem Gebiß ganz in Unordnung kam. Dolly, die das gleiche fühlte, mußte ihre Nase schneuzen. »Aber als sie im Gefängnis war«, erzählte Riley, »schlug sie einen neuen Krach.« Im Gefängnis sind nur vier Zellen, zwei für Weiße und zwei für Farbige. Catherine habe Einspruch dagegen erhoben, daß sie in einer Zelle für Farbige untergebracht werden sollte.

Der Richter fuhr sich übers Kinn und schüttelte den Kopf. »Du hattest wohl keine Gelegenheit, mit ihr zu sprechen? Es würde sie getröstet haben, zu wissen, daß einer von uns da war.«

»Ich stand herum und hoffte, sie würde zum Fenster hinaussehen. Aber da hörte ich dann die anderen Neuigkeiten.«

Wenn ich zurückdenke, ist es mir unbegreiflich, daß Riley so lange damit hinterm Berge halten konnte. Denn, guter Gott, unser Freund, jener hassenswerte Doktor Morris Ritz, hatte sich aus dem Staube gemacht, nachdem er aus Verenas Tresor zwölftausend Dollar in verkäuflichen Obligationen geraubt hatte und über siebenhundert in Bargeld. Das war, wie wir später erfuhren, nicht einmal die Hälfte seiner Beute. Doch ganz genau wußte das keiner. Ich begriff nun, was Will Harris mit seiner Kinderstimme dem Sheriff berichtet hatte. Kein Wunder, daß Verena Alarm geschlagen hatte; daran gemessen mußten ihre Unannehmlichkeiten mit uns nebensächlich werden. Riley wußte weitere Einzelheiten; er wußte, daß Verena, als sie die Tür zu ihrem Tresor offen gefunden hatte (er stand in ihrem Büro über dem Konfektionsladen), um die Ecke in das Lola Hotel gerast war, wo sie erfuhr, daß Morris Ritz am vorhergehenden Abend das Weite gesucht hatte. Sie fiel in Ohnmacht, und als man sie wiederbelebt hatte, fiel sie noch einmal in Ohnmacht.

Dollys sanftes Gesicht wurde ganz hohlwangig; ein Impuls, Verena beizustehen, überkam sie, aber gleichzeitig hielt sie Selbstbewußtsein und ein tiefer Wille davon ab. Sie schaute mich voll Mitleid an. »Es ist besser, du weißt es schon jetzt, Collin; du brauchst dann dazu nicht so alt zu werden wie ich: die Welt ist schlecht.«

Eine Veränderung, wie ein Windwechsel, überkam den Richter; er sah mit einemmal so alt aus, wie er es in Wirklichkeit war, herbstlich kahl, als fühle er sich von Dolly verraten, da sie die Schlechtigkeit zugab. Aber ich wußte, daß sie ihn nicht verraten hatte; er hatte sie ein Geistwesen genannt, und in Wirklichkeit war sie eine Frau. Riley entkorkte die Flasche mit dem Dessertwein und füllte unsere vier Gläser mit seiner Topasfarbe; nach einem Augenblick füllte er auch das fünfte Glas, das von Catherine. Der Richter, indem er das Glas zu seinen Lippen hob, wagte den Trinkspruch: »Für Catherine, Hoffnung sei ihr gegeben.« Wir erhoben die Gläser, und »O Collin«, sagte Dolly, deren Augen sich weiteten wie bei einem plötzlichen unausweichlichen Einfall, »Collin, du und ich, wir sind die einzigen Menschen auf der Welt, die ein Wort davon verstehen können, was sie sagt.«

V

Den folgenden Tag, es war der erste Oktober und ein Donnerstag, werde ich nie vergessen.

Er begann damit, daß Riley auf meine Hände trat und mich dadurch weckte. Dolly, die schon wach war, bestand darauf, daß ich mich bei ihm wegen meines Fluchens entschuldigte. Höflichkeit, meinte sie, sei am Morgen wichtiger wie zu jeder anderen Tageszeit, und besonders dann, wenn man auf einem so engen Wohnraum leben müsse wie wir. Die Uhr des Richters, die noch immer wie ein schwerer goldener Apfel an dem Ast hing, zeigte auf sechs Minuten nach sechs. Wir frühstückten – ich weiß nicht mehr, wer von uns das vorschlug, Orangen, kalte Würstchen und Mürbekuchen. Der Richter murrte, ein Mensch könne sich nicht als Mensch fühlen, solange er keine Tasse heißen Kaffees in sich hätte. Wir stimmten alle darin überein, daß wir den Kaffee am meisten entbehrten. Riley erbot sich, in die Stadt zu fahren und welchen aufzutreiben. Auch könne er dann auskundschaften, was inzwischen geschehen sei. Er schlug vor, ich solle mitfahren: »Niemand wird ihn sehen, wenn er sich unter dem Sitz versteckt.« Obwohl der Richter Einwände machte und es als eine dumme Idee bezeichnete, stand Dolly mir bei. Ich war so begierig auf eine Fahrt in Rileys Auto, daß nichts auf der Welt, auch nicht die Aussicht, daß mich jemand sehen könnte, meine Begeisterung dämpfen konnte. Dolly sagte: »Ich kann darin auch nichts Schlimmes sehen. Aber du sollst ein sauberes Hemd anziehen, auf deinem Kragen könnte ich Steckrüben säen.«

Das Grasfeld schwieg. Nicht einmal ein Fasan strich ab mit einem raschelnden, verstohlenen Flug. Die scharfgespitzten Halme waren schneidend und blutrot wie Speere nach einem Massaker. Spröde zersplitterten sie unter unseren Füßen, als wir hügelaufwärts zum Friedhof wateten. Der Blick von dort oben war schön, auf das grenzenlose wogende Wipfelmeer der Flußwälder und auf fünfzig Meilen gepflügten Landes voller Windmühlen, und ganz fern der spitze Turm des Rathauses und die rauchenden Kamine der Stadt. Bei den Gräbern meiner Mutter und meines Vaters machte ich halt. Ich hatte sie nicht oft aufgesucht, der Grabstein stimmte mich traurig durch seine Kälte. Wie anders war alles, dessen ich mich entsann, ihr Lebendigsein, und wie sie geweint hatte, wenn er wegfuhr, um seine Kühlschränke zu verkaufen, und wie er nackt auf die

Straße gelaufen war. Ich wünschte Blumen für die Terrakottavasen, die leer auf dem scheckigen und schmutzigen Marmor standen. Riley half mir; er riß die ersten Knospen von einem Kamelienstrauch ab, und als ich sie hineinsteckte, sagte er: »Ich freue mich, daß deine Ma nett war. Gibt Weibsbilder, ganz durchtriebene.«

Ich rätselte, ob er wohl von seiner Mutter sprach, der armen Rose Henderson, die ihn auf einem Bein durch den Hof hüpfen ließ mit seinem Einmaleins. Doch es schien mir, daß er über diese harten Tage hinweggekommen war. Immerhin hatte er jetzt einen Wagen, der dreitausend Dollar gekostet haben sollte. Natürlich ein gebrauchter. Ein Sportzweisitzer, ausländisch, ein Alfa-Romeo (Romeos Alfa sagte er witzelnd), den er einem Politiker in New Orleans abgekauft hatte, der im Kittchen saß.

Als wir die ungepflasterte Straße stadtwärts abschnurrten, hoffte ich sehr auf einen Zeugen; es wäre mir wohl dabei gewesen, wenn gewisse Personen mich in Riley Hendersons Wagen hätten einhersegeln sehen. Aber für die Leute war es noch zu früh am Tag; das Frühstück stand noch auf dem Herd, und der Rauch schwebte aus den Kaminen der hinter uns liegenden Häuser in die Luft. Wir bogen bei der Kirche um die Ecke, fuhren rund um den Platz und parkten in der schmutzigen Straße zwischen Coopers Pferdeställen und der Bäckerei zur Heuschrecke. Dort mußte ich nach Rileys Anweisungen warten; er würde in einer knappen Stunde wieder zurück sein. Also streckte ich mich auf den Sitzen aus und lauschte dem frechen Schilpen der diebischen Spatzen auf dem Heuhaufen vor den Pferdeställen und atmete den knusprigen Duft des frischen Brotes ein, der aus der Bäckerei strömte. Das Ehepaar, dem die Bäckerei gehörte, hieß County, Mr. und Mrs. C. C. County; sie mußten den Tag um drei Uhr morgens beginnen, um zu der Verkaufszeit um acht Uhr fertig zu sein. Es war ein sauberer und einträglicher Laden. Mrs. County konnte sich die teuersten Kleider aus Verenas Konfektionsgeschäft leisten. Während ich so dalag und die guten Dinge roch, öffnete sich die Hintertür der Bäckerei, und Mr. County fegte mit einem Besen den Mehlstaub auf die Straße. Ich wette, er staunte, als er Rileys Wagen sah, und er staunte noch mehr, mich darin zu entdecken.

»Was treibst du hier, Collin?«

»Gar nichts, Mr. County«, antwortete ich und fragte mich zugleich, ob er etwas von unserem Kummer wüßte.

»Bin ich froh, daß es Oktober ist«, frohlockte er und rieb die Luft mit seinen Fingern, als könne er die Kühle, die sie durchwehte, prüfen wie einen Stoff. »Der Sommer ist schrecklich für uns; die Backöfen und das übrige, es ist zu heiß zum Leben. Schau her, Junge, da wartet auf dich ein Pfefferkuchenmann – komm herein und verputz ihn.«

Er war gewiß keiner von denen, die mich erst hereinlocken würden, um dann den Sheriff zu holen.

Seine Frau begrüßte mich in der würzig warmen Backstube, als könne sie sich nichts Vergnüglicheres vorstellen, als mich dazuhaben. Mrs. County war fast bei jedermann sehr beliebt. Sie war eine untersetzte Frau, die kein Aufhebens von sich machte; sie hatte Elefantenfesseln, stämmige Arme, ein muskulöses Gesicht, dauernd vom Feuer gerötet. Ihre Augen waren bläulich wie eine Eisbombe; ihr Haar sah aus, als habe sie damit ein Mehlfaß ausgewischt, und ihre Schürze reichte bis zu ihren Fußspitzen. Ihr Mann trug die gleiche; manchmal konnte man ihn, die beschmierte Schürze noch um den Leib gebunden, sehen, wie er die Straße überquerte, um sich ein gelegentliches Bier mit den Männern zu genehmigen, die in Phils Café um den Schanktisch lungerten. Er wirkte wie ein geschminkter Clown, flapsig, gepudert, anmutig ungeschickt.

Mrs. County machte mir ein Plätzchen an ihrem Arbeitstisch frei und stellte eine Tasse Kaffee und ein warmes Blech mit Zimthörnchen vor mich hin von jener Sorte, die Dolly so gern aß. Mr. County gab ihr zu bedenken, ob ich nicht etwas anderes lieber möchte: »Ich versprach ihm doch – was hab ich ihm bloß versprochen? Ja, einen Pfefferkuchenmann!« Seine Frau walkte einen Teigklumpen. »Das ist was für Kinder. Er ist ein erwachsener Mann – oder nahezu. Collin, wie alt bist du eigentlich?«

»Sechzehn.«

»Genau wie Samuel«, seufzte sie und meinte ihren Sohn, den wir alle Mulus, Maulesel nannten, weil er auch nicht viel heller war als ein solcher. Ich fragte, was es Neues von ihm gäbe. Denn im letzten Herbst, als er zum dritten Male in der achten Klasse sitzengeblieben war, war Mulus nach Pensecola zur Marine gegangen. »Er ist in Panama, das war das letzte, was wir hörten«, berichtete sie und formte den Teig zu einem Pastetenrand. »Wir hören nicht oft von ihm. Einmal schrieb ich ihm: ›Samuel, du solltest öfters nach Hause schreiben, oder ich schreibe dem Präsidenten genau, wie alt du bist.‹ Weil, wie du weißt, er sich unter Vorspiegelung falscher Tatsachen gemeldet hat. Ich erstickte damals fast vor Wut, ich beschimpfte Mr. Hand vor der Schule; denn seinetwegen tat es Samuel doch, er konnt's nicht ertragen, immer in der untersten Klasse sitzenzubleiben, wo er doch so groß geworden war, und die anderen Kinder waren so klein. Jetzt seh ich aber ein, Mr. Hand hatte recht; es wäre nicht ehrlich gewesen, Samuel zu versetzen, wenn er seine Sache nicht zwingen konnte. Also ist's vielleicht zu seinem Besten gewesen. C. C., zeig Collin das Bild.«

Vor einem Hintergrund von Palmen und echter See standen vier geziert lächelnde Matrosen, die sich ineinander eingehängt hatten, und darunter stand geschrieben: Gott segne Ma'm und Pap, Samuel. Das wühlte mich auf. Mulus, der war dort in der großen Welt, während ich – nun ja, wahrscheinlich verdiente ich einen Pfefferkuchenmann. Als ich das Bild zurückreichte, sagte Mr. County: »Ich bin sehr dafür, daß ein Bursch seinem Land dient. Aber das schlimme daran ist, Samuel war gerade so weit, daß er uns hier hätte helfen können. Nichts hasse ich mehr, als auf die Hilfe von Niggern angewiesen zu sein. Lügen und stehlen, und man weiß nie, woran man ist.«

»Es ist mir nicht recht, wenn C. C. in dieser Weise daherredet«, entgegnete seine Frau mit verkniffenem Mund. »Er weiß, das ärgert mich. Farbige sind nicht schlechter als Weiße, in manchen Fällen sogar besser. Ich habe Gelegenheit gehabt, das noch anderen Leuten in der Stadt zu stecken. Diese Geschichte jetzt mit der alten Catherine Creek, die macht mich ganz krank. Sie mag spinnig sein und verschroben, aber sie ist eine genauso ordentliche Frau wie nur irgendeine. Dabei fällt mir ein, ich werde ihr ein Mittagessen ins Gefängnis schicken; ich wette, der Sheriff gibt ihr nicht viel zu futtern.«

Wenn sich einmal alles verändert hat, kommt das Frühere nie mehr zurück; die Welt wußte um uns. Nie wieder würden wir es warm haben; ich ließ mich gehen; ich sah den Winter einziehen in den kalten Baum, ich weinte, weinte, bis ich so unnütz war wie ein durchweichter Lappen im Regen. Seit wir das Haus verlassen hatten, war mir derart zumute gewesen. Mrs. County bat mich um Verzeihung, falls sie irgend etwas gesagt haben sollte, was mich aufregte; mit ihrer großen Küchenschürze trocknete sie mein Gesicht, und wir lachten, mußten lachen, so beschmiert war ich durch eine Paste von Tränen und Mehl, und ich fühlte mich, wie man so sagt, ein bißchen besser, und mein Herz wurde leichter. Aus vielen Gründen, die ich verstand, aber die mich nicht beschämten, hatte sich Mr. County, irritiert durch meinen Ausbruch, nach vorne in den Laden zurückgezogen.

Mrs. County goß sich selbst Kaffee ein und setzte sich. »Ich behaupte nicht, daß ich verstehe, was da vorgeht«, erklärte sie. »Ich habe nur gehört, daß Miß Dolly das Haus wegen Meinungsverschiedenheiten mit Verena verlassen hat.« Ich wollte bemerken, daß die Dinge noch verzwickter seien, aber als ich mir die Ereignisse zurückzurufen versuchte, fragte ich mich, ob das wirklich so sei. »Nun ja«, fuhr sie nachdenklich fort, »es mag sich anhören, als wollte ich gegen Dolly sprechen, das tue ich nicht. Aber meine Meinung ist – ihr Leutchen solltet heimgehen, und Dolly sollte ihren Frieden mit Verena machen; das hat sie ihr Leben lang getan, und in ihrem Alter kann man nicht alles umkrempeln. Das ist auch kein gutes Beispiel für die Stadt, zwei Schwestern, die sich streiten, und die eine von ihnen sitzt auf einem Baum. Und der Richter Charlie Cool – das erstemal in meinem Leben tun mir seine Söhne leid. Leute aus den maßgebenden Kreisen sollten sich benehmen, sonst geht der ganze Ort zugrunde. Zum Beispiel, hast du dort den Wohnwagen auf dem Platze gesehen? Schön, dann mußt du dir ihn ansehen. Das ist eine Familie von Cowboys. Evangelisten, sagt C. C. Jedenfalls, es ist ein großer Spektakel über sie gewesen, und es hat auch was mit Dolly zu tun.« Ärgerlich blies sie eine Papiertüte auf. »Ich will, daß du ihr sagst, was meine Meinung ist: geht nach Hause. Und hier, Collin, nimm ein paar Zimthörnchen mit. Ich weiß, daß es Dolly danach leckert.«

Als ich die Bäckerei verließ, schlug die Rathausuhr acht, und das bedeutete, daß es halb acht war. Diese Uhr war immer eine halbe Stunde vorgegangen. Einmal hatte man einen Fachmann kommen lassen, um sie zu reparieren. Nachdem er eine Woche daran herumgeflickt hatte, verlangte er als einzige Entlohnung dafür ein paar Gramm Dynamit; aber der

Stadtrat bestimmte, daß er voll bezahlt werden solle, denn es herrschte ein allgemeines Gefühl des Stolzes darüber, daß sich die Uhr als so unreparierbar erwiesen hatte. Um den Platz herum öffneten die Geschäftsleute ihre Läden; die Ginsterbesen mit dem Dreck der Torwege, rollende Kehrichttonnen störten die kühlen, katzenleisen Straßen auf. In dem ›Frühlingsvogel‹, einem besseren Kolonialwarenladen als Verenas ›Fünfgroschen-Dschungel‹ staffierten zwei farbige Jungens die Schaufenster mit Büchsen von Hawaii-Ananas aus. Auf der Südseite des Platzes, hinter den Rohrbänken, auf denen zu allen Jahreszeiten friedliche und verwitterte alte Männer saßen, sah ich den Wohnwagen, von dem Mrs. County sprach, in Wirklichkeit eine alte Lastkarre, überplant mit geteerter Leinwand, die an die Trecks der alten Westpioniere erinnerte. Sie sah dumm und verloren aus, so einsam auf dem leeren Platz. Ein selbstgefertigtes Schild von über einem Meter Höhe krönte das Gefährt wie eine Haifischflosse. ›Laß Deine Seele Für Unsern Herrgott Von Dem Lasso Des Kleinen Homer Honey Fangen.‹ Auf die andere Seite war ein grünlicher, von Pusteln bedeckter grinsender Kopf gemalt, der einen riesigen Ballonhut trug. Ich hätte nicht geglaubt, daß dies das Bild eines menschlichen Wesens sein sollte, aber laut einer Aufschrift war das: ›Der Kleine

Homer Honey, Das Wunderkind.‹ Weiter gab es da nichts zu sehen, denn niemand ließ sich um den Wohnwagen blicken; ich schlenderte also auf das Gefängnis zu, einem kastenförmigen Ziegelbau neben den Fordwerkstätten. Einmal hatte ich es von innen gesehen. Big Eddie Stover hatte mich dahin mitgenommen, zusammen mit einem Dutzend Jungens und Männern; er war im Drugstore gewesen und hatte gesagt: »Kommt rüber ins Gefängnis, da gibt es was zu sehen!« Die Sehenswürdigkeit war ein hübscher, magerer Zigeunerjunge, den sie aus einem Güterzug herausgeholt hatten; Big Eddie gab ihm fünfundzwanzig Cents und sagte, er solle seine Hosen herunterlassen. Man konnte es kaum glauben, wie groß das Ding war, und einer von den Männern sagte: »Junge, wie kommt es, daß man dich einsperren konnte, wenn du so eine Brechstange hast?« Noch Wochen später konnte man die Mädchen erkennen, die von dem Spaß gehört hatten; jedesmal, wenn sie am Gefängnis vorbeikamen, kicherten sie.

Auf einer Seitenwand des Gefängnisses ist ein ungewöhnliches Plakat zu sehen. Ich fragte Dolly danach, und sie meinte sich zu erinnern, daß es in ihrer Jugend eine Anpreisung von Zuckerwerk gewesen sei. Wenn dem so war – die Schrift war inzwischen verschwunden; geblieben war nur eine kreidige

Tapete, zwei trompetende Engel, rosa wie Flamingos, die sich um ein riesiges Füllhorn schwangen, das mit Früchten vollgestopft war wie ein Weihnachtsstrumpf. Als Schmuck auf der Ziegelmauer wirkte alles wie ein verblaßtes Fresko oder wie eine undeutliche Tätowierung, und der Sonnenschein schwankte über die gefangenen Engel, als ob sie die Geister von Dieben wären. Ich wußte, was ich wagte, wenn ich hier so vor aller Augen umherspazierte; aber ich ging am Gefängnis vorüber, erst einmal hin, dann zurück, ich pfiff, und später flüsterte ich: »Catherine!« in der Hoffnung, daß sie ans Fenster kommen würde. Ich erkannte, welches ihr Fenster war, denn zwischen den Eisengittern sah ich auf dem Fensterbrett ihr Goldfischglas blinken, das einzige, was sie sich, wie wir später erfuhren, von Hause erbeten hatte. Die orangefarbenen Fische flimmerten, wenn sie durch die Korallenburg fächerten, und ich dachte an den Morgen, an dem ich Dolly geholfen hatte, die Burg und die Perlkiesel herauszusuchen. Das war der Anfang gewesen; ich erschauerte plötzlich vor der gedankenvollen Frage, wie das Ende sein würde. Catherine, die wie ein kalter Schatten nach unten spähte – ich betete, daß sie nicht ans Fenster kommen möchte. Sie hätte auch niemanden gesehen, denn ich kehrte um und rannte fort.

Riley ließ mich nicht weniger als zwei Stunden in dem Wagen warten. Als er erschien, war er so in Wut, daß ich nicht wagte, die meine zu zeigen. Er war anscheinend gleich nach Hause gegangen und hatte Anne und Elizabeth, seine Schwestern, und Maude Riordan noch liederlich im Bett gefunden; nicht nur das, sondern auch Coca Cola Flaschen und, auf dem Fußboden verstreut, Zigarettenstummel. Maude nahm die Schuld auf sich; sie gestand, daß sie ein paar Jungens eingeladen habe zum Radiohören und zum Tanzen; aber seine Schwestern wurden bestraft. Er hatte sie aus den Betten gerissen und sie verhauen. Ich fragte, was er damit meinte, mit dem Verhauen. Übers Knie legen, antwortete er, und sie mit einem Tennisschuh verprügeln. Ich konnte mir das kaum vorstellen; es stand im Widerspruch zu meinem Gefühl von Elizabeths Würde. »Du bist zu hart zu den Mädchen«, sagte ich und fügte rachsüchtig hinzu: »Maude, die ist an allem schuld.« Er nahm mich ernst und stimmte zu, er habe vorgehabt, sie auch durchzuhauen, allein schon der Ausdrücke wegen, die er sich von niemand gefallen ließe; aber ehe er sie zu fassen bekam, war sie ihm durch die Hintertür entwischt. Ich dachte bei mir, vielleicht wird Maude dich jetzt nicht mehr so verlockend finden.

Rileys rauhes Haar war mit Brillantine geglättet, und er roch nach Fliederwasser und Talkumpuder.

Er brauchte mir nicht zu sagen, daß er beim Friseur gewesen war, und auch nicht, warum.

Damals – er hat sich inzwischen zur Ruhe gesetzt – wurde der Friseurladen von einem sonderbaren Burschen geführt, von Amos Legrand. Leute wie der Sheriff, in diesem Fall auch Riley Henderson, ja eigentlich jeder Mensch nannten ihn: dieses alte Weib! Aber sie meinten damit nichts Böses; die meisten amüsierten sich über ihn und wünschten ihm nur Gutes. Ein kleiner Affenmensch, der auf eine Kiste steigen mußte, um dein Haar zu schneiden, war er, und so aufgeregt und geschwätzig wie ein Paar Kastagnetten. Seine Stammkunden nannte er Liebling, Männer wie Frauen, er machte da keine Unterschiede. »Liebling«, flötete er dann etwa, »es ist an der Zeit, daß dein Haar geschnitten wird; ich war schon drauf und dran, dir ein Päckchen Haarnadeln zu schenken.« Amos hatte eine ungeheure Gabe; er konnte über alle Ereignisse schwatzen, die sowohl einen Geschäftsmann als auch ein zehnjähriges Mädchen ernstlich interessierten, einfach über alles, angefangen von der Summe, die Ben Jones für seine Erdnußernte bekommen hatte, bis zu der Geburtstagsgesellschaft von Mary Simpson, und wer da eingeladen war.

Es war also ganz natürlich, daß Riley zu ihm gegangen war, um Neuigkeiten zu erfahren. Selbstverständlich erzählte er mir alles sofort wieder; und ich konnte mir Amos und sein schwirrendes Kolibrigeschwätz vorstellen: »Da haben wir's, Liebling, das kommt dabei heraus, wenn man sein Geld herumliegen läßt. Und ausgerechnet Verena Talbo! Wir dachten alle, sie trabt mit jedem Zehncentstück auf die Bank. Zwölftausendsiebenhundert Dollar. Aber das ist nicht alles! Es scheint, als ob Verena und dieser Doktor Ritz Geschäfte zusammen machen wollten, darum hat sie die alte Konservenfabrik gekauft. Nun hör gut zu: Sie hat Ritz über zehntausend gegeben, um die Maschinen und Gott weiß was einzukaufen, und nun stellt sich heraus, er hat nichts gekauft, was auch nur einen Penny wert ist. Hat alles in seiner Tasche verschwinden lassen. Und was ihn betrifft, von ihm haben sie weder Haut noch Haar gefunden. Südamerika, da werden sie ihn finden können, wenn überhaupt. Ich bin nicht so einer, der darauf anspielt, sie hätten Dummheiten miteinander getrieben, er und sie; ich sag immer, Verena ist zu eigen dazu. Liebling, der Jude hatte so viel Schuppen, wie ich es nie auf einem menschlichen Kopf gesehen habe. Und eine pfiffige Frau war sie – aber mag sein, sie hat sich was auf ihn eingebildet. Dann all diese Scherereien mit ihrer Schwester, die Aufregung darüber. Kein Wunder, daß Doktor Carter ihr Spritzen gab. Aber mit Charlie Cool, das geht mir an die Nieren. Was macht man mit ihm denn da draußen, wo er sich den Tod holt?«

Wir verließen die Stadt mit doppelter Geschwindigkeit; klatsch, knallten Insekten gegen die Windschutzscheibe und waren Brei. Der trockene Morgenwind pfiff uns steif um die Ohren. Der Himmel war wolkenlos. Und doch, ich schwöre es, spürte ich ein nahendes Unwetter in meinen Knochen. Das ist sonst eine Plage, der alte Leute ausgesetzt sind, und die bei jungen recht selten ist. Es ist so, als spüre man ein dumpfes Donnerrollen in allen Gliedern. Es tat so weh, ich fühlte mich wie vor einem heranrasenden Orkan, und ich gestand es Riley, der sagte: »Aber geh, du bist verrückt, schau doch den Himmel an!« Wir schlossen gerade eine Wette darüber ab, als wir die scharfe Kurve beim Friedhof nahmen, und dort zuckte Riley zusammen und riß seine Bremsen an. Wir schleuderten, lange genug, um unser ganzes verflossenes Leben mit jeder Kleinigkeit wieder an uns vorüberziehen zu sehen. Es war nicht Rileys Schuld; im Viereck der Straße schleppte sich wie eine lahme Kuh der Lastwagen von Honeys kleinem Homer. Unter dem Gerassel des versackenden Motors blieb der Wagen regungslos stehen. Sofort kletterte der Fahrer heraus, es war eine Frau.

Sie war nicht jung, aber es war eine Fröhlichkeit in dem Wiegen ihrer Hüften, und ihre Brüste rieben sich an der so schmeichelnd pfirsichfarbenen Bluse und schaukelten leise. Sie trug einen mit Fransen besetzten Seidenrock und kniehohe Cowboystiefel; das war schade, denn man ahnte, daß ihre Beine, wären sie nicht verborgen gewesen, das Beste an ihr sein müßten. Sie lehnte an der Wagentür. Ihre Augenlider waren halb gesenkt, als seien ihre Wimpern unerträglich schwer. Mit ihrer Zungenspitze benetzte sie ihre üppig roten Lippen. »Guten Morgen, Jungens«, sagte sie mit ihrer schleppenden und weichen Stimme. »Ich wäre für ein paar Ratschläge sehr dankbar.«

»Was zum Teufel ist mit Ihnen los«, begehrte Riley auf. »Sie haben uns beinahe umgeworfen.«

»Ich bin überrascht, daß Sie das erwähnen«, entgegnete die Frau, und warf ihren großen Kopf mit einem gewissen Liebreiz in den Nacken; ihr Haar, das eine unwahrscheinliche Aprikosenfarbe hatte, war sorgsam gelockt, und als sie die Locken schüttelte, waren sie wie Glöckchen ohne Klöppel. »Sie sind zu schnell gefahren, Lieber«, tadelte sie ihn selbstzufrieden. »Ich kann mir gut vorstellen, daß es dagegen eine Verordnung gibt; es gibt Verordnungen gegen alles, ganz besonders hier.« Riley schimpfte? »Es müßte eine Verordnung gegen solch eine Rumpelkiste geben, solch eine zusammengebrochene Ruine wie diese – das müßte verboten werden.«

»Ich weiß nicht, mein Lieber«, lachte die Frau. »Tauschen wir! Obwohl ich fürchte, wir gehen nicht alle in den Wagen, wir sind sogar ein bißchen zuviel für den Lastwagen. Könnten Sie mir mit 'ner Zigarette aushelfen? Danke, Sie sind ein Engel.« Als sie die Zigarette anzündete, bemerkte ich, wie hager ihre Hände waren und wie rauh; die Fingernägel waren nicht lackiert, und einer von ihnen war schwarz, als ob er in eine Tür geklemmt worden sei. »Man hat mir gesagt, daß wir in dieser Richtung eine Miß Talbo finden könnten. Dolly Talbo. Sie scheint in einem Baum zu leben. Sagen Sie mir doch freundlichst, wo . . .«

Was hinter ihrem Rücken aus dem Innern des Vehikels zum Vorschein kam, schien ein ganzes Waisenhaus zu sein. Babys, die kaum auf ihren krummen, rachitischen Beinchen watscheln konnten, Struwwelköpfe mit lang herunterhängenden Rotzfäden, Mädchen, die alt genug für Büstenhalter waren, und eine ganze Stufenleiter von Jungens, ein paar davon so groß wie Männer. Ich zählte bis zehn, inbegriffen ein schielendes Zwillingspaar und ein in Windeln gehülltes Baby, mit dem sich ein Kind von höchstens zehn Jahren abschleppte. Noch und noch, wie Kaninchen bei einer Zaubervorstellung, kamen neue heraus, bis die Straße dicht bevölkert war.

»Das sind alles Ihre?« fragte ich aufs tiefste erschrocken; bei einem nochmaligen Durchzählen kam ich auf fünfzehn Stück. Ein Junge von ungefähr zwölf Jahren mit einer winzigen Stahlbrille schwankte unter einem Riesenballonhut einher wie ein wandelnder Pilz. Die meisten von ihnen trugen Teile von Cowboykleidung, Stiefel oder zumindest einen Viehhirtenschal. Aber es war eine abschreckende kleine Horde, und auch etwas kränklich, als hätten sie schon jahrelang von gekochten Kartoffeln und Zwiebeln gelebt. Sie drängten sich um den Wagen, geisterhaft leise, bis auf die Jüngsten, die auf die Scheinwerfer bumsten und auf den Kotflügeln trommelten.

»Ganz richtig, Lieber, alles meine«, antwortete sie, und klatschte die Kleinigkeit von einem Mädchen weg, das an ihrem Bein hochzuklettern versuchte. »Manchmal stelle ich fest, daß wir eins oder zwei aufgesammelt haben, die nicht dazu gehören«, fügte sie mit einem Achselzucken hinzu, und einige von den Kindern grinsten. Sie schienen sie zu vergöttern. »Ein paar von ihren Papis sind tot; ich vermute, die übrigen leben noch – auf diese oder jene Weise. Das geht uns aber jedenfalls nichts an. Ihr wart wohl auf unserer Versammlung letzten Abend? Ich bin Schwester Ida, die Mutter vom kleinen Homer Honey.« Ich wollte wissen, welcher von ihnen der kleine Homer sei. Sie spähte umher und griff den bebrillten Jungen heraus, der unter seinem Riesenhut heranwackelte und uns begrüßte: »Gelobt sei Jesus. Wollt ihr einen Pfiff?« und er brachte mit aufgeblasenen Backen einen dünnen Pfeifton hervor.

»Und nur einer von denen«, erklärte seine Mutter und steckte ihr Haar im Nacken zusammen, »jagt dem Teufel Schrecken ein. Und außerdem hat man dafür noch eine Anzahl von praktischen Verwendungen.«

»Fünfundzwanzig Cents«, handelte das Kind mit uns. Es hatte ein sorgenvolles kleines Gesicht, weiß wie Coldcreme. Der Hut fiel fast auf seine Augenbrauen.

Ich würde einen Pfiff gekauft haben, wenn ich Geld gehabt hätte. Man konnte sehen, daß alle hungrig waren. Riley empfand das auch, jedenfalls brachte er fünfzig Cents zutage und kaufte zwei Pfiffe. »Gott segne dich«, dankte der kleine Homer, schob die Münze zwischen seine Lippen und biß kräftig darauf. »Es gibt soviel Falschgeld heutzutage«, verteidigte ihn seine Mutter zutraulich. »In unserem Erwerbszweig sollte man diese Art von Verdruß nicht erwarten«, seufzte sie.

»Aber wenn Sie uns nun freundlichst die Richtung zeigen würden – wir können nicht viel weiter kommen, haben kein Benzin mehr.«

Riley riet ihr, nicht ihre Zeit zu verlieren. »Dort

weiter kommt nichts mehr«, sagte er und ließ den Motor an. Ein Fahrer hinter uns, der durch uns blockiert war, ließ seine Hupe heulen.

»Nicht in dem Baum?« Ihre Stimme erhob sich klagend über den ungeduldigen Lärm des Motors. »Aber wo werden wir sie dann finden?« Mit den Händen versuchte sie den Wagen zurückzuhalten. »Es ist sehr wichtig, wir ...«

Riley ließ den Wagen vorwärts springen. Zurückblickend sah ich sie, wie sie uns nachschauten in der Wolke aufgewirbelten Staubes, die hinter uns herzog. Das verdroß mich, und ich erklärte Riley, daß wir hätten herausfinden müssen, was sie wollten.

Und er antwortete: »Mag sein, ich weiß es.«

Er wußte ziemlich viel, denn Amos Legrand hatte ihn ausführlich über die Person Schwester Idas unterrichtet. Sie war nie zuvor in unserer Stadt gewesen, aber Amos, der ab und zu eine kleine Reise machte, behauptete, sie auf dem Jahrmarkt in Bottle, einem Landstädtchen unweit von uns, gesehen zu haben. Auch für Reverend Buster schien sie keine Fremde zu sein, denn sofort nach ihrer Ankunft hatte er den Sheriff aufgespürt und ein Polizeiverbot der Versammlungen der kleinen Homer Honey-Truppe von ihm verlangt. Erpresser nannte er sie und brachte vor, daß die sogenannte Schwester Ida im Umkreis von sechs Staaten als eine verrufene Dirne bekannt sei. Man denke, fünfzehn Kinder und keine Spur von einem Ehemann! Amos war ebenfalls überzeugt, daß sie nie verheiratet gewesen war; aber seiner Meinung nach verdiente eine so tüchtige Frau Respekt. Der Sheriff seufzte: »Haben wir nicht schon genug andere Probleme?« und fuhr fort: »Kann sein, diese Narren da haben den richtigen Gedanken, setzen sich in einen Baum und kümmern sich nur um ihre eigenen Angelegenheiten.« Für fünf Cents würde er da auch hingehen und ihnen Gesellschaft leisten. Der alte Buster bedeutete ihm aber, in diesem Fall sei er zum Sheriff ungeeignet und müsse seine Dienstabzeichen ablegen. Inzwischen hatte Schwester Ida schon, ohne einen polizeilichen Einspruch, zu einem Gebetsabend mit Gaukeleien unter den Eichen des Hauptplatzes eingeladen. Erweckungsprediger sind in unserer Stadt populär; das macht die Musik, die Gelegenheit zu singen und sich im Freien zu versammeln. Im besonderen hatte Schwester Ida mit ihrer Familientruppe den Nagel auf den Kopf getroffen; selbst Amos, sonst so kritisch, erzählte Riley, man habe daran nichts aussetzen können; diese Kinder da konnten wirklich Krakeel machen, und was den kleinen Homer Honey betraf, so war er so geschickt wie ein kleiner Kreisel beim Tanzen und Seilspringen. Jedermann hatte seinen Spaß mit Ausnahme von Hochwürden und Mrs. Buster, die gekommen waren, um Unruhe zu stiften. Zu welchen Sündenböcken wurden die Kinder, als sie beginnen wollten, Gottes Wäscheleine zu ziehen, ein Seil mit Wäscheklammern, an denen man eine kleine Spende befestigen konnte. Leute, die nie auch nur zehn Cents in Busters Kollektenbüchse getan hatten, hängten Dollarscheine auf. Er machte also einen Sprung hinüber in die Talbostraße und hatte dort ein kurzes, aber heftiges Gespräch mit Verena, deren Beistand, wie er sich klargemacht hatte, er brauchte, um handeln zu können. In Übereinstimmung mit Amos wiegelte er Verena mit der Behauptung auf, eine liederliche Wanderpredigerin habe Dolly als eine von Christus Abgefallene, als eine Feindin Christi bezeichnet, und Verena schulde es dem Namen Talbo, dabei mitzuhelfen, daß das Weib aus der Stadt gewiesen werde. Es war unwahrscheinlich, daß Schwester Ida bis dahin jemals den Namen Talbo gehört hatte. Aber erregt, wie sie war, ging Verena umgehend ans Werk; sie rief den Sheriff an: »Nun hör mal zu, Junius, ich will, daß der Landkreis sofort von dieser Landstreicherin gesäubert wird.« Das waren Befehle; und der alte Buster machte es zu seiner Pflicht, ihre Ausführung zu überwachen. Er begleitete den Sheriff zu dem Platz, wo Schwester Ida und ihre Brut sich nach der Versammlung säuberten. Sie hatte mit einer richtigen Rauferei geendet, hauptsächlich, weil Buster mit der Beschuldigung rechtswidrigen Gewinns darauf bestand, daß das Geld für Gottes Wäscheleine konfisziert würde. Er bekam es auch – allerdings nicht ohne einige Schrammen.

Es half nichts, daß viele von den Herumstehenden Schwester Idas Partei ergriffen. Der Sheriff bedeutete ihr, daß es besser wäre, die Stadt am nächsten Tag frühmorgens zu verlassen. Nachdem ich nun das alles gehört hatte, fragte ich Riley, warum er denn nicht hilfreicher sein wollte gegen Leute, die man so ungerecht behandelt hätte? Auf die Antwort, die er mir gab, wäre man schwerlich selbst gekommen. Todernst sagte er, eine liederliche Frau sei kein Umgang für Dolly.

Ein Reisigfeuer züngelte unter dem Baum; Riley sammelte dürres Laubwerk dafür, und der Richter, dessen Augen vom beißenden Rauch tränten, beschäftigte sich mit unserem Mittagsmahl. Wir, Dolly und ich, waren die einzigen Trägen. »Ich fürchte«, meinte sie und packte die Spielkarten aus, »ich fürchte allen Ernstes, daß Verena das Nachsehen hat mit diesem Geld. Und weißt du, Collin, ich bezweifle, daß es der Geldverlust ist, der sie am meisten kränkt. Sie vertraute ihm, aus welchem Grund auch immer, dem Doktor Ritz, meine ich. Ich muß an die Sache mit Maudie Laura Murphy denken. An das Mädchen, das bei der Post beschäftigt war. Verena und sie standen sich sehr nahe. Herrgott, es war ein schwerer Schlag, als Maudie Laura mit diesem Whiskyhändler anfing und ihn heiratete. Ich kann Maudie deswegen nicht tadeln; es war das einzig richtige für sie, wenn sie den Mann liebte. Ganz gleich aber, Maudie Laura und Doktor Ritz – kann sein, daß sie die einzigen Menschen sind, denen Verena jemals vertraute, und alle beide – nun ja, das könnte wohl jedem Menschen zu Herzen gehen.« Sie mischte abwesend die Karten. »Du sagtest vorhin irgend etwas – über Catherine.«

»Über ihre Goldfische. Ich sah sie am Fenster.«

»Und Catherine nicht?«

»Nein, die Goldfische, das war alles. Mrs. County war schrecklich nett – sie sagte, sie würde ein Mittagessen ins Gefängnis hinüberschicken.«

Sie brach eines von Mrs. Countys Zimthörnchen und pickte sich die Rosinen heraus. »Collin, stell dir vor, wir würden ihnen nachgehen und alles aufgeben hier – würden sie dann Catherine wohl freilassen?« Ihre Augen irrten suchend empor in die Wipfel des Baumes, fast schien es, als suchten sie nach einem Ausweg durch das geflochtene Laubwerk. »Soll ich – mich selbst aufgeben?«

»Mrs. County rät, wir sollten nach Hause gehen.«

»Sagte sie, warum?«

»Weil, so meinte sie, weil du immer nachgegeben hättest; immer Frieden geschlossen hast, betonte sie.«

Dolly lächelte und glättete ihren langen Rock; tastende Strahlen legten Ringe aus Sonne um ihre Finger. »Hat es jemals eine Wahl gegeben? Das ist's, was ich möchte, ich möchte wählen dürfen. Und wissen, daß ich ein anderes Leben haben könnte, von meinen eigenen Entscheidungen bestimmt. Das wäre mein Frieden, mein wahrer.« Ihre Blicke verweilten auf der Gruppe unter uns: Riley, der Zweige knackte, und der Richter, der sich über den dampfenden Topf beugte. »Und der Richter, Charlie, wenn wir das hier aufgäben, das würde ihn ernstlich erschüttern. Ja!« Sie verschränkte ihre Finger mit den meinen, »er ist mir sehr teuer«, und eine Pause machte den Augenblick unermeßlich lang, mein Herz schlug schwindelnd schnell. Der Baum schloß sich um mich wie ein zusammengefalteter Regenschirm. »Diesen Morgen, als du fort warst, fragte er mich, ob ich ihn heiraten würde.«

Als ob er es gehört hätte, richtete sich der Richter auf, und ein Schuljungenfeixen erweckte wieder die Jugendlichkeit seines Bauerngesichtes. Er winkte ihr; und es wäre schwer gewesen, den Liebreiz in

Dollys Zügen zu übersehen, als sie ihm zurückwinkte. Es war so, wie wenn man sich einem alten, gereinigten Familienbild zuwandte und an ihm einen sinnlichen Glanz, klarere, bis dahin unbekannte Farben entdeckte. Was auch immer geschähe, nie würde sie wieder ein Schatten im Winkel sein.

»Aber nun – sei nicht unglücklich, Collin«, mahnte sie und schalt mich ein wenig für das, was sie als meine Verstimmung erkannte.

»Aber bist du denn . . .«

»Ich habe niemals den Vorzug genossen, mir eine eigene Meinung zu erlauben; aber wenn ich handle, dann möchte ich, wenn Gott es will, wissen, was das Rechte ist. Und wen hast du sonst noch«, fragte sie, um mir voran zu helfen, »in der Stadt gesehen?«

Ich würde gern etwas erfunden haben, eine Geschichte, um sie zurückzurufen, denn sie schien sich vorwärts in die Zukunft zu entfernen, während ich, immer noch der nämliche und unfähig war, ihr zu folgen. Aber als ich Schwester Ida beschrieb, den Lastwagen, die Kinder, und von den Gründen des Zusammenstoßes mit dem Sheriff erzählte, ferner wie wir sie auf der Straße getroffen hatten, wo sie uns nach der Dame auf dem Baum fragte, da strömten wir wieder zusammen wie ein Fluß, dessen Lauf nur einen Augenblick durch eine Insel getrennt worden war. Obgleich es gar nicht gut gewesen wäre, wenn

Riley gehört hätte, wie ich ihn verriet, ging ich soweit, ihr zu wiederholen, was er über eine Frau von Schwester Idas Sorte gesagt habe, und daß sie keine Gesellschaft für Dolly sei. Sie lachte auf ihre Weise darüber; aber dann, in plötzlichem Ernst: »Aber das ist gottlos, den Kindern das Brot nehmen, und das in meinem Namen zu tun. Schande auf alle!« Entschlossen setzte sie ihren Hut zurecht. »Collin, steh auf; du und ich, wir machen jetzt einen kleinen Spaziergang. Ich möchte wetten, diese Leute sind noch genau dort, wo du sie getroffen hast. Wenigstens wollen wir einmal nachsehen.«

Der Richter versuchte, uns daran zu hindern, oder vielmehr behauptete er, daß er uns begleiten müsse, wenn Dolly einen Schlendergang machen wolle. Das ging eine Zeitlang hin und her, und es besänftigte meinen eifersüchtigen Groll, als Dolly ihm sagte, er möge sich lieber an seine Hausarbeit halten. Mit Collin fühle sie sich sicher genug, es sei nur, um ein wenig die Beine zu vertreten.

Wie gewöhnlich eilte sich Dolly nicht. Selbst wenn es regnete, hatte sie die Gewohnheit, den gewohnten Weg entlang zu trödeln, als schlenderte sie in einem Garten, und ihre Augen suchten in erster Linie wertvolle, essenzkräftige Heilpflanzen, ein Zweiglein Flohkraut, Majoran und Minze, nützliche Kräutchen, deren Wohlgeruch ihre Kleider durchduftete.

Sie sah alles zuerst, und es war ihre einzige Eitelkeit, daß sie selbst – und nicht etwa ein anderer – auf gewisse Entdeckungen aufmerksam machte, auf die Zierlichkeit einer Vogelspur oder auf Eiszapfen an der Dachtraufe. Immerfort rief sie: »Komm und sieh diese Wolke, die wie eine Katze buckelt, das Schiff in den Sternen, den blühenden Frost auf den Scheiben.« Auf diese langsame Weise überquerten wir das Gras, während Dolly in ihrer Tasche verblühten Löwenzahn sammelte und Fasanenfedern. Ich dachte, wir würden die Straße erst bei Sonnenuntergang erreichen.

Glücklicherweise brauchten wir nicht so weit zu gehen; wir fanden, als wir den Friedhof betraten, Schwester Ida und ihre ganze Familie zwischen den Gräbern gelagert. Es war ein kummervoller Spielplatz. Eine ältere Schwester stutzte das Haar der schielenden Zwillinge, und der kleine Homer polierte seine Schuhe mit Spucke und Blättern; ein beinahe erwachsener Junge, der sich mit dem Rücken gegen einen Grabstein lümmelte, zupfte melancholische Töne aus einer Gitarre. Schwester Ida säugte das Baby; es lag zusammengeringelt an ihrer Brust wie ein rosa Ohr. Sie erhob sich nicht, als sie uns gewahrte, und Dolly begrüßte sie: »Ich glaube, Sie sitzen auf meinem Vater.«

Es war tatsächlich das Grab von Mr. Talbo, und

Schwester Ida entzifferte den Grabstein: Uriah Fenwick Talbo, 1844–1922, Tapferer Soldat, Geliebter Gatte, Zärtlicher Vater. »Tut mir leid, Soldat«, murmelte sie. Und während sie die Bluse zuknöpfte, worüber das Baby wimmerte, erhob sie sich.

»Bitte nicht; ich wollte nur – ich wollte mich vorstellen.« Schwester Ida zuckte die Achseln. »Das Baby hat sowieso schon angefangen, mir weh zu tun«, sagte sie und rieb sich dabei auf entsprechende Art. »Da bist ja wieder«, rief sie und blickte mich belustigt an. »Wo ist dein Freund?«

»Ich hatte verstanden . . .« Dolly hielt inne, gestört durch den Kinderwirrwarr, der sie umdrängte. »Wollten Sie mich«, fuhr sie fort und versuchte einen karnickelgroßen Jungen nicht zu beachten, der ihren Rock hochhob und ihre Schienbeine ungestüm prüfte, »nicht sprechen? Ich bin Dolly Talbo.«

Schwester Ida nahm das Baby auf den anderen Arm, legte den freien um Dollys Taille und mit einer wirklichen Herzlichkeit, so, als wären sie die ältesten Freunde, sprach sie: »Ich wußte, daß ich auf Sie zählen konnte, Dolly. Kinder«, sie hob das Baby wie einen Heroldsstab, »sagt Dolly, daß wir niemals ein Wort gegen sie gesagt haben!«

Die Kinder schüttelten murmelnd ihre Köpfe, und Dolly schien gerührt zu sein. »Wir können einfach die Stadt nicht verlassen, ich erzähl es ihnen andauernd«, klagte Schwester Ida und stürzte sich in die Geschichte ihrer mißlichen Lage. Ich hätte gern ein Bild von den beiden zusammen, Dolly, formell und altmodisch wie ihr alter Reiseschleier, und Schwester Ida mit ihren üppigen Lippen und ihrer den Sinnenfreuden nicht abgeneigten Leiblichkeit. »Es ist eine Sache des Bargeldes; sie haben uns alles weggenommen. Ich hätte sie alle verhaften lassen sollen, diesen ausgekotzten Buster und den, wie war sein Name, den Sheriff, der denkt, er sei der King Kong aus dem Film.« Sie holte Luft, ihre Wangen waren wie himbeerfarbene Läppchen. »Wir sind pleite, das ist die reine Wahrheit. Und selbst wenn wir von Ihnen gehört hätten, es ist nicht unsere Art, schlecht von jemand zu sprechen. O ja, ich weiß, das war nur ihr Vorwand, aber ich dachte, Sie könnten das in Ordnung bringen und . . .«

»O liebe Zeit – ich bin schwerlich dazu geeignet«, antwortete Dolly.

»Aber was würden Sie tun? Mit einem halben Liter Benzin, vielleicht nicht einmal soviel, und fünfzehn Mäulern und einem Dollar zehn? Wir wären im Gefängnis besser dran.«

Dann kam es: »Ich habe einen Freund«, verkündete Dolly stolz. »Ein hervorragender Mann, er wird einen Ausweg wissen«, und aus der freudigen inneren Gewißheit, die aus der Stimme sprach, konnte man erkennen, daß sie hundertprozentig daran glaubte. »Collin, sause zurück und laß es den Richter wissen, daß wir Gesellschaft zum Mittagessen erwarten.«

Mit hängender Zunge jagte ich über das Feld, das Gras peitschte meine Beine; ich konnte es kaum erwarten, das Gesicht des Richters zu sehen. Es war keine Enttäuschung. »Großer Gott«, stöhnte er, hin und her überlegend, »sechzehn Leutchen«, und kratzte sich den Kopf, während er die mageren Fleischstückchen beobachtete, die auf dem Feuer brotzelten. Um Riley günstig zu stimmen, versuchte ich es so darzustellen, als habe Dollys Begegnung mit Schwester Ida nichts mit mir zu tun; aber er stand da, und seine Blicke zogen mir das Fell ab. Es wär zu Schimpfworten gekommen, wenn der Richter uns nicht zur Eile angetrieben hätte. Er blies sein Feuer hoch, Riley holte noch mehr Wasser, und wir warfen Sardinen in unseren Fleischtopf, kleine Würstchen, grüne Lorbeerblätter und überhaupt alles, was zur Hand war, zuzüglich einer ganzen Büchse Pökelfleisch, das nach der Ansicht des Richters dazu beitragen sollte, das Ganze einzudicken. Ein paar Sachen wurden irrtümlich daruntergemischt, wie zum Beispiel Kaffeesatz. Als wir nach vollbrachter Leistung in jenem übersteigert ausgelassenen Zustand waren, den man bei Familiengesellschaften an Köchinnen kennt, standen wir nur ungern davon ab und gratulierten uns gegenseitig. Riley gab mir zum Zeichen der Vergebung einen kameradschaftlichen Puff, und als die ersten Kinder auftauchten, erschreckte der Richter sie durch das Ungestüm seiner Begrüßung.

Keines von ihnen wollte sich nähern, ehe nicht die ganze Herde versammelt war. Worauf Dolly sie zu uns brachte, sie uns vorstellte, besorgt wie eine Frau, die die Ergebnisse eines Auktionsnachmittags vorzeigt. Die Kinder nahmen einen Namensappell vor: Beth, Laurel, Sam, Lillie, Ida, Cleo, Kate, Homer, Harry – hier brach die Litanei ab, weil ein kleines Mädchen sich weigerte, seinen Namen zu nennen. Sie flüsterte, er sei ein Geheimnis. Schwester Ida nickte, wenn es ein Geheimnis sei, dann solle es auch eins bleiben.

»Sie sind alle so aufgeregt«, bemerkte sie, und der Richter war ergriffen von ihrer rauchigen Stimme und den Büscheln üppiger Wimpern. Er schüttelte ihr viel zu lange die Hand und übertrieb sein Lächeln, und das schien mir ein eigenartiges Verhalten für einen Mann, der noch keine drei Stunden vorher um eine Frau angehalten hatte. Ich hoffte, daß es Dolly, falls sie es bemerkte, zu denken geben würde. Aber sie betonte: »Natürlich sind sie aufgeregt, so hungrig, wie man es nur sein kann«, und der Richter klatschte herzlich in die Hände, wies prahlerisch auf den Topf und versprach, dem sei in kurzer Zeit abgeholfen. Mittlerweile, meinte er, wäre es eine gute Idee, wenn sich die Kinder am Bach die Hände wüschen. Schwester Ida betonte, daß sie sich noch mehr waschen würden. Ich kann nur bemerken, das war auch nötig.

Das kleine Mädchen, dessen Name ein Geheimnis war, machte Umstände; sie würde nur gehen, wenn ihr Papa sie Huckepack trüge. »Du bist auch mein Papa«, schmeichelte sie Riley, der ihr nicht widersprach. Er nahm sie also Huckepack, und sie war zu Tode erschrocken. Den ganzen Weg zum Bach spielte sie die Widerspenstige, und als Riley, dem sie die Augen mit ihren Händen schloß, blindlings in ein Rankendickicht stolperte, stieß sie himmelerschütternde Schreie aus. Er schimpfte: »Jetzt ist's genug damit, und runter gehst du.« »Bitte, bitte, ich sage dir auch meinen Namen.« Später fiel mir ein, Riley nach dem Namen zu fragen. Er lautete: Texaco Gasoline – weil das so hübsche Worte waren.

Der Bach war in unserer Gegend mehr als knietief; schimmernde Moosbetten grünten an den Ufern, und im Frühling blühten Schneeglöckchen und Zwergveilchen dort, für die ersten Bienen, deren Nester in den Wasserbuchten hängen, die erste Blütennahrung. Schwester Ida wählte einen Platz am

Ufer, von dem aus sie die Plantscherei überwachen konnte. »Keine Schwindeleien jetzt, ich will sehen, daß ihr tüchtig dabei seid.« So geschah es. Mädchen, die alt genug waren, um zu heiraten, sprangen plötzlich splitternackt herum, und ebenso unbekleidet die Jungens, große und kleine, wie Narren. Es war gut, daß Dolly mit dem Richter zurückgeblieben war; und ich hätte es auch lieber gehabt, wenn Riley nicht dabei gewesen wäre, denn er machte verlegen durch seine Verlegenheit. Jetzt erst, freilich, nachdem ich gesehen habe, zu welcher Art Mann er sich später entwickelte, kann ich mir den Widerspruch seiner Förmlichkeit erklären. Er wünschte es sich so sehr, schicklich zu sein, daß er fürchtete, die Mängel der anderen könnten ihn von sich selbst abbringen.

Jene erlauchten Landschaften voll Jugend und Wasserläufen in den Wäldern – wie oft verweilte ich in späteren Jahren vor einem solchen Bild, wenn ich mich durch die kalten Räume eines Museums schleppte. Ich verbrachte lange Minuten der Heimsuchung davor, in denen ich mir diese Szene zurückzurufen versuchte, nicht als das, was sie wirklich war, nämlich eine Horde von Kindern, die gänsehäutig in einem herbstkühlen Bach plantschten, sondern als ein Bild unbescholtener Jugend, von Mädchen, die von diamantenen Tropfen besprüht durchs Wasser sprangen. Und ich frage mich heute und fragte mich damals, wie sie gefahren sind, wo sie, diese außergewöhnliche Familie, landete in dieser Welt.

»Beth, steck deine Haare ins Wasser. Hör auf zu spritzen, Laurel; dich meine ich, Buck, du läßt das. Ihr Kinder, alle, wascht euch auch hinter den Ohren; Gott weiß, wann ihr wieder Gelegenheit dazu habt.« Aber auf einmal entspannte sich Schwester Ida und ließ von den Kindern ab. »An einem solchen Tag wie diesem ...«, sie sank ins Moos zurück, und die Blickkraft ihrer Augen war ganz auf Riley gerichtet. »Da ist etwas – der Mund und dieselben kleinen Henkelohren – eine Zigarette, mein Lieber?« bat sie, unempfindlich für seine Abneigung gegen sie. Ein sanfter Ausdruck ließ einen Augenblick lang das Mädchen wieder erscheinen, das sie gewesen war. »An einem solchen Tag wie diesem ...«

»... aber an einem traurigeren Ort, ohne Bäume, von denen man sprechen könnte, ein Haus in einem Kornfeld, und ganz allein wie eine Vogelscheuche. Ich beklage mich nicht – und Mama und Papa waren da und meine Schwester Geraldine, und wir waren uns genug, hatten eine Menge Lieblingstiere und ein kleines Klavier, und gute Stimmen hatten wir alle. Leicht war es gerade nicht bei all der schweren Arbeit und mit nur einem Mann, der dafür da war. Papa war außerdem ein kranker Mann. Mietleute waren schwer zu bekommen, niemand mochte auf längere Zeit dableiben; einen alten Burschen gab es, von dem wir eine Menge hielten, aber er fing an zu trinken und versuchte das Haus niederzubrennen. Geraldine war nahe an sechzehn, ein Jahr älter als ich. Hübsch, das waren wir beide, als sie sich in den Kopf setzte, einen Mann zu heiraten, der mit Papa zusammen das Anwesen zwingen würde. Aber dort, wo wir lebten, hatten wir keine große Wahl. Was wir lernten, das lernten wir von Mama, und die nächste Stadt war zehn Meilen entfernt. Das war die Stadt Youfry, die nach einer Familie benannt war. Es ging die Redensart: Ihr wohnt nicht frei in Youfry. Die Stadt lag auf einem Berg, und wohlhabende Leute gingen im Sommer dorthin. In dem Sommer, an den ich mich erinnere, bekam Geraldine Arbeit als Kellnerin in dem Hotel zur schönen Aussicht in Youfry. Ich pflegte an den Samstagen einen Rutsch zu ihr zu machen und die Nacht bei ihr zu bleiben. Es war für uns das erste Mal, daß wir von zu Hause fort waren. Geraldine machte sich nicht besonders viel aus dem Stadtleben, aber ich freute mich auf diese Samstage wie auf Weihnachten und wie auf meinen Geburtstag dazu. Es gab da einen Tanzpavillon, kostete keinen Cent, und dazu noch die Musik und die bunten Lichter. Ich half Geraldine bei ihrer Arbeit, damit wir früher hingehen konnten, wir rannten Hand in Hand die Straße hinunter, und ich fing an zu tanzen, noch ehe ich zu Atem gekommen war. Hatte nie auf einen Tänzer zu warten, denn auf jedes Mädchen kamen fünf Jungens, und wir waren bei weitem die hübschesten Mädchen. Ich war nicht besonders scharf auf die Jungens, es war das Tanzen, manchmal standen alle still und sahen zu, wenn ich walzte, ich sah von meinen Tänzern nie mehr als einen flüchtigen Schimmer, sie wechselten so oft. Die Jungens folgten uns ins Hotel, und dann riefen sie unter unserem Fenster: Komm raus! Komm raus! und sangen, so dumm waren sie; Geraldine verlor deswegen beinahe ihren Job. Schön, wir lagen die Nacht wach und überlegten praktische Sachen. Sie war nicht romantisch, meine Schwester; was sie beschäftigte, war, welcher von unseren Verehrern zuverlässig geeignet war, zu Haus die Arbeit zu erleichtern. Es war Dan Rainy, zu dem sie sich entschloß. Er war älter als die anderen, fünfundzwanzig, ein Mann, der nicht schön war, abstehende Ohren, Sommersprossen und nicht viel Kinn, aber – Dan Rainy, oh, der war adrett auf seine eigene ruhige Art, und stark genug, um einen Zentner Nägel hochzustemmen. Im Spätsommer kam er zu uns und half uns das Korn einbringen. Papa mochte ihn auf den ersten Blick, und obwohl Mama meinte, Geraldine sei noch zu jung, widersprach sie nicht ernstlich. Ich weinte auf der

Hochzeit und dachte, es sei deshalb, weil die Nächte im Tanzpavillon nun vorbei waren, und daß Geraldine und ich niemals mehr gemütlich im selben Bett liegen würden. Aber sobald Rainy alles übernommen hatte, schien alles gut zu gehen; er holte aus dem Land das Beste heraus, und vielleicht auch aus uns. Nur wenn der Winter kam, und wir rund um das Feuer saßen, dann machte mich manchmal die Hitze oder etwas anderes halb ohnmächtig. Ich ging dann hinaus und stand im Hof, nichts unter meinem Kleid, es war, als spürte ich die Kälte nicht, weil ich ein Teil von ihr geworden war, und ich schloß meine Augen und tanzte Walzer rund und rundherum, und eines Nachts, ich hatte nicht gehört, daß er sich anschlich, fing mich Dan Rainy in seinen Armen auf und tanzte aus Spaß mit mir. Es war aber gar nicht so sehr aus Spaß. Er hatte etwas übrig für mich, und ganz im Innern hatte ich das von Anfang an gewußt. Aber er sprach nicht darüber, und ich fragte ihn nicht danach; und es wäre zu nichts gekommen, wenn Geraldine nicht ihr Baby verloren hätte. Das war im Frühling. Sie, Geraldine, hatte eine Todesangst vor Schlangen, und es kam daher, daß sie eine sah; sie sammelte gerade Eier ein, es war nur eine ganz kleine Schlange, aber es erschreckte sie derartig, daß sie ihr Baby vier Monate zu früh verlor. Ich weiß nicht, was danach mit ihr los war, sie wurde bös und gemein, und fuhr hoch bei jeder Kleinigkeit. Dan Rainy machte alles noch schlimmer; er ging ihr aus dem Weg, sooft er konnte, und gewöhnte sich daran, in seine Decke eingerollt im Feld zu schlafen. Ich wußte wohl, wenn ich dablieb – ich ging also nach Youfry und bekam Geraldines früheren Job im Hotel. Es war wie vorher mit dem Tanzpavillon, und ich war womöglich noch hübscher geworden. Einer der Jungens brachte beinahe einen anderen um, weil der mir eine Orangeade kaufte. Ich kann nicht behaupten, ich hätte mich nicht amüsiert, aber innerlich war ich nicht dabei: im Hotel fragten sie mich, wo mein Kopf sei, weil ich die Zuckerdosen mit Salz füllte und den Leuten Löffel gab, um ihr Fleisch zu schneiden. Den ganzen Sommer ging ich nicht nach Hause. Als die Zeit kam, – es war solch ein Tag wie heute, ein sinkender Tag, blau wie die Ewigkeit – da ließ ich sie nicht wissen, daß ich kommen würde; ich stieg unterwegs aus dem Wagen aus und ging drei Meilen über die Stoppelfelder, bis ich Dan Rainy fand. Er sprach kein Wort, er ließ sich zu Boden plumpsen und weinte wie ein Kind. Ich war traurig deswegen über ihn, und ich liebte ihn mehr, als diese Zunge ausplaudern kann.«

Ihre Zigarette war ausgegangen. Sie schien den Faden ihrer Geschichte verloren zu haben, oder schlimmer, sie enden zu wollen. Ich hätte am liebsten getrampelt und gepfiffen, wie das die Lümmel im Kino tun, wenn die Leinwand plötzlich unerwartet leer bleibt, und Riley, obwohl weniger unbeherrscht als ich, wurde auch ungeduldig. Er riß ein Streichholz für ihre Zigarette an; aufgeschreckt durch das Geräusch, erinnerte sie sich ihrer Stimme wieder, aber es war, als ob sie in der Zwischenzeit eine weite Reise gemacht hätte.

»Papa schwor, den Kerl würde er erschießen. Und Geraldine bettelte hundertmal: Sag uns, wer es war, und Dan wird mit seinem Gewehr hinter ihm her sein. Ich lachte bis zu Tränen; manchmal ging es anders rum. Ich sagte, ich hätte nicht die leiseste Idee; es waren da fünf bis sechs Jungens in Youfry, es könnt der eine von ihnen gewesen sein oder auch der andere, wie sollt ich das wissen? Mama schlug mich ins Gesicht, als ich das sagte. Aber sie glaubten es; mit der Zeit glaubte es sogar Dan Rainy – jedenfalls wollte er es glauben, der arme, unglückliche Bursch. Die ganzen Monate rührte ich mich nicht aus dem Haus; und mittendrin starb Papa. Sie ließen mich nicht mit zur Beerdigung gehen, sie schämten sich so vor den Leuten. An dem Tag war es, als sie auf der Beerdigung waren, und ich war allein im Haus, und draußen war ein Sandsturm, so furchtbar wie ein Elefant, da war es, daß Gott mich anrührte. Ich habe es in keiner Weise verdient, eine AUSERWÄHLTE zu sein. Bis dahin hatte Mama mich dazu überreden müssen, meine Bibelverse zu lernen; aber danach lernte ich in weniger als drei Monaten über tausend auswendig. Nun gut, einmal übte ich eine Melodie auf dem Piano, da zerbrach plötzlich ein Fenster, und alles im Zimmer wurde völlig durcheinander gewirbelt. Und dann wurde es wieder still wie vorher, und jemand war bei mir, ich glaube Papas Geist – aber der Wind erstarb wieder, so friedlich wie ein Frühlingslüftchen. ER erschien, und aufrecht, wie ER es mir befahl, öffnete ich meine Arme zu SEINEM Willkommen. Es sind sechsundzwanzig Jahre her, den dritten Februar; und ich habe niemals geschwankt. Als ich mein Baby bekam, habe ich weder Geraldine gerufen, noch Dan Rainy oder irgend jemand anderen; ich lag da und flüsterte meine Sprüche, einen nach dem anderen, und keine Seele wußte, daß Danny geboren war, ehe sie ihn brüllen hörten. Es war Geraldine, die ihm diesen Namen gab. Er war ihr Kind, jedermann nahm das an, und die Leute aus der Nachbarschaft kamen vorbei, um ihr Baby zu sehen, und sie brachten Geschenke, und die Männer schlugen Dan Rainy auf die Schulter und sagten ihm, was er für'n feinen Jungen hätte. Sobald ich konnte, fuhr ich dreißig Meilen weit nach Stoneville, das ist eine Stadt doppelt so groß wie Youfry, und eine große Bergwerkssiedlung ist dort.

Ich und ein anderes Mädchen, wir machten zusammen eine Wäscherei auf und hatten einen guten Verdienst, weil in einem Bergwerksnest hauptsächlich Junggesellen leben. Ungefähr alle zwei Monate ging ich nach Hause, um Danny zu sehen. Sieben Jahre reiste ich so hin und her. Das war das einzige Vergnügen, das ich hatte, und ein sehr seltsames, wenn man bedenkt, wie es mich jedesmal aufwühlte. So ein schöner Junge, das kann man nicht beschreiben. Geraldine ging fast drauf, wenn ich ihn berührte; wenn ich ihn küßte, fuhr sie aus der Haut. Dan Rainy benahm sich nicht viel anders, er fürchtete, es würde nicht gut tun, wenn ich allein mit ihm wäre. Als ich das letzte Mal zu Hause war, fragte ich ihn, ob er mich in Youfry treffen wolle. Denn eine ganz verrückte Zeit lang hatte ich eine Idee, und zwar: wenn ich's noch einmal erleben könnte, wenn ich ein Kind haben könnte, das genau wie ein Zwilling von Danny wäre. Aber das war ganz falsch von mir, zu denken, es könnte denselben Vater haben. Das wäre dann ein totes Kind geworden, ein totgeborenes. Ich sah Dan Rainy an (es war ein kalter Tag, wir saßen in dem leeren Tanzpavillon, und ich entsinne mich, daß er seine Hände überhaupt nicht aus den Hosentaschen nahm), und dann schickte ich ihn fort, ohne ihm zu sagen, warum ich ihn um sein Kommen gebeten hatte. Er war nach den Jahren nicht mehr der alte. Einer von den Bergleuten in Stoneville, er hatte dieselben Sommersprossen und gelben Augen, ein gutmütiger Junge, beehrte mich mit Sam, meinem Ältesten. Soweit ich mich entsinnen kann, war der Vater von Beth der Totenglöckner für meine Liebe zu Dan Rainy, aber da sie ein Mädchen war, kam sie an Danny nicht heran. Ich hab vergessen zu erzählen, daß ich meinen Anteil an der Wäscherei verkauft hatte und nach Texas gegangen war für Restaurantsarbeit in Amarillo und Dallas. Aber erst als ich Mr. Honey begegnet war, sah ich, wozu der HERR mich auserwählt hatte und was meine Bestimmung war. Mr. Honey war im Besitz des WAHREN WORTES; nachdem ich ihn das erste Mal gehört hatte, ging ich hinüber, um ihn zu treffen. Wir hatten noch keine zwanzig Minuten zusammen gesprochen, da sagte er, er werde mich heiraten, vorausgesetzt, daß ich nicht schon verheiratet sei. Ich sagte, verheiratet wäre ich nicht, aber ich hätte einiges an Familie; tatsächlich waren es damals schon fünf. Das störte ihn aber kein bißchen. Eine Woche später am Valentinstag waren wir verheiratet. Er war kein junger Mann mehr und hatte überhaupt keine Ähnlichkeit mit Dan Rainy; ohne Stiefel ging er mir gerade bis zur Schulter. Aber als der HERR uns zusammenbrachte, wußte ER genau, was ER tat; wir hatten Roy, und dann Pearl, und

Kate und Cleo und den kleinen Homer; die meisten von ihnen sind in dem Lastwagen geboren, den ihr da oben gesehen habt. Wir fuhren über Land und trugen SEIN WORT ins Volk, zu Leuten, die niemals vorher davon gehört hatten, wenigstens nicht auf die Art, auf die mein Mann es sagen konnte. Leider muß ich jetzt einen traurigen Zwischenfall erwähnen – folgenden: ich verlor Mr. Honey. Eines Morgens, es war in einem anrüchigen Teil von Louisiana, dem neuschottischen Viertel, ging er die Straße herunter, um einige Lebensmittel einzukaufen, und daß ihr's wißt, ich hab ihn nie wiedergesehen. Er löste sich einfach in Luft auf. Ich geb keinen Heller dafür, was die Polizei sagt; er war nicht der Mann, der vor seiner Familie davonläuft – nein, meine Herren, da seid ihr schief gewickelt.«

»Vielleicht sowas wie Gedächtnisstörung«, bemerkte ich, »da vergißt man alles, sogar seinen eigenen Namen.«

»Ein Mann, der die ganze Bibel auswendig kann, meint ihr, der wäre imstand gewesen, so etwas wie seinen eigenen Namen zu vergessen? Einer von diesen Schotten ermordete ihn wegen seines Amethystringes. Natürlich habe ich seitdem Männer gekannt, aber Liebe nicht. Lilli, Ida, Laurel, die anderen Kinder, die sind passiert. Scheint irgendwie, daß ich nicht leben kann, wenn mich kein anderes Leben unter dem Herzen stößt. Ich fühl mich sonst so verschlampt.«

Als die Kinder angezogen waren, einige von ihnen linksherum in den Kleidern, kehrten wir zu dem Baum zurück, wo die älteren Mädchen, über das Feuer gebeugt, ihre Haare trockneten und kämmten. Dolly hatte in unserer Abwesenheit für das Baby gesorgt; sie schien nicht willens, es wieder herzugeben: »Ich wollte, eine von uns hätte ein Baby, meine Schwester oder Catherine«, und Schwester Ida bejahte es, es sei ein Vergnügen und zugleich eine Befriedigung. Wir saßen schließlich in einem Kreis um das Feuer. Das Gericht war zu heiß, um es zu kosten, und das trug wahrscheinlich zu seinem durchgreifenden Erfolg bei. Der Richter, der dafür sorgte, daß es die Runde machte, denn es gab nur drei Teller, der Richter war unerschöpflich an komischen Kunststücken und sonstigem Unsinn, was die Kinder begeisterte. Texaco Gasoline entschied, daß sie sich geirrt habe, der Richter, und nicht Riley wäre ihr Papa, und der Richter dankte ihr dafür mit einer Reise nach dem Mond und schwang sie hoch über seinen Kopf: Mancher flog nach Süden / Mancher flog nach West / Du wirst fliegen nach dem Rest / Dahin fort! Fort!

Schwester Ida sagte: »Sie sind ganz schön stark.« Das ging ihm natürlich glatt ein, aber er fragte bloß, ob sie seine Muskeln anfühlen wolle. Jede Viertelminute guckte er heimlich zu Dolly hin, ob sie ihn auch bewunderte. Sie tat es.

Das Gurren einer Holztaube schwankte zwischen den langen, letzten Strahlenlanzen der Sonne. Frostgrüne und blaue Töne durchsickerten die Luft, als ob ein Regenbogen um uns zerschmölze. Dolly erschauerte: »Es ist ein Unwetter in der Nähe. Ich spürte es schon den ganzen Tag.« Triumphierend sah ich Riley an. Hatte ich ihm das nicht gesagt?

»Und spät ist's auch«, verkündete Schwester Ida. »Buck, Homer – Jungens, ihr saust zum Wagen zurück. Gott weiß, wer da schon war und sich bedient hat. Nicht deshalb«, fügte sie hinzu, als ihre Söhne auf dem schon dunklen Weg verschwanden, »weil da ne Menge zu holen wäre, außer vielleicht meiner Nähmaschine. Wie ist's, Dolly? Haben Sie ...«

»Wir haben es besprochen«, antwortete Dolly und wandte sich zu dem Richter, damit er es bestätige.

»Vor dem Gericht würden Sie Ihre Sache gewinnen, das steht außer Frage«, beteuerte er in einem sehr beruflichen Ton. »Das Recht würde hier endlich einmal auf der richtigen Seite sein. Indessen, wie die Sachen liegen ...«

Dolly fuhr fort: »Wie die Sachen liegen«, und drückte die siebenundvierzig Dollar, die unser Bargeld darstellten, in Schwester Idas Hand; außerdem gab sie ihr die große goldene Uhr des Richters. Als Schwester Ida diese Gaben betrachtete, schüttelte sie ihren Kopf, als wolle sie sie zurückweisen. »Es ist nicht recht. Aber ich danke euch.«

Ein leichter Donner rollte durch die Wälder und in der gefahrdrohenden Stille seines Nachhalls sprengten Buck und der kleine Homer den Weg zurück, wie angreifende Kavallerie.

»Sie kommen! Sie kommen!« schrien sie einstimmig, und der kleine Homer schob seinen Hut zurück und keuchte: »Wir sind den ganzen Weg gerannt.«

»Seid vernünftig, Jungens – wer?«

Der kleine Homer schluckte: »Diese Burschen! Der Sheriff ist der eine, und ich weiß nicht, wieviel mehr noch. Kommen alle durch das Grasfeld. Und mit Gewehren auch.«

Wieder rumpelte der Donner; tückische Windstöße bedrängten unser Feuer.

»In Ordnung«, sagte der Richter und übernahm das Kommando. »Keiner darf den Kopf verlieren.« Es war, als habe er für diesen Augenblick gelebt, und er war ihm großartig gewachsen, das muß ich ihm zugestehen.

»Die Frauen, und ihr kleinen Kinder, hinauf mit euch ins Baumhaus. Riley, sieh zu, daß der Rest von euch sich zerstreut; nehmt eine Ladung von Steinen mit und klettert auf die anderen Bäume da.« Als wir diesen Weisungen gefolgt waren, verblieb er als der einzige auf ebener Erde. Mit zusammengebissenen Zähnen hielt er Wache in dem Schweigen der Dämmerung wie ein Kapitän, der sein sinkendes Schiff nicht verlassen will.

VI

Fünf von uns richteten sich auf der Sykomore ein, deren Zweige den Waldweg überhingen. Der kleine Homer war dabei und sein Bruder Buck, ein finster aussehender Bursche, der Steine in beiden Händen hatte. Auf der benachbarten Sykomore konnten wir Riley rittlings sitzen sehen, der von den älteren Mädchen umringt war; aus der Tiefe goldbraunen Lichtes schimmerten ihre weißen Gesichter wie Windlaternen. Ich glaubte einen Regentropfen zu spüren, aber es war Schweiß, der an meiner Wange hinunterlief. Allmählich, obwohl das Donnerrollen wieder erstarb, verstärkte Regenduft den Geruch des Laubes und des Holzfeuerrauchs. Das überbelastete Baumhaus gab ein häßliches Knarren von sich; von meinem erhöhten Sitz aus erschienen mir seine Insassen als eine einzige Person, ein vielbeiniges, vieläugiges Geschöpf, auf dem Dollys Hut saß wie eine Samtkrone.

In unserem Baum gedachte jeder von uns jener dünnen Pfiffe, die Riley dem kleinen Homer abgekauft hatte: Die jagen dem Teufel einen Schreckschuß ein, hatte Schwester Ida gesagt. Der kleine Homer nahm seinen Riesenhut ab und beförderte aus seinem Hohlraum etwas zutage, was möglicherweise Gottes Wäscheleine war, ein dickes, langes Seil, und begann, eine Lassoschlinge hineinzuknüpfen. Als er es dann auf seine Brauchbarkeit erprobte, den Knoten lockerte und anzog, hatten seine stahlgefaßten Brillengläser ein so drohendes Funkeln, daß ich mich um die Ecke auf einen Ast verdrückte, um eine Entfernung zwischen uns zu legen. Der Richter, der unten Patrouille stand, zischelte herauf, daß wir uns nicht mehr bewegen dürften; es war dies sein letzter Befehl, ehe der feindliche Einfall begann.

Die Eindringlinge legten keinen Wert auf heimliches Vorgehen. Sie schwenkten ihre Gewehre gegen das Unterholz, als ob sie Zuckerrohr damit schneiden wollten, und überschwemmten den Waldweg neun, zwölf, zwanzig Mann hoch. Zuerst kam Junius Candle, und seine Sheriffsterne glitzerten im Zwielicht. Hinter ihm kam Big Eddie Stover, dessen schielender Blick unser Versteck durchforschte und der mich an die Vexierbilder in den Zeitungen erinnerte: Finde in der Zeichnung dieses Baumes fünf Jungens und eine Eule. Aber das erforderte einen klügeren Mann als Big Eddie Stover. Er sah mich unmittelbar an und sah durch mich hindurch. Bei der ganzen Bande gab es kaum welche, die einen durch besondere Verstandesgaben hätten beunruhigen können: bei den meisten reichte es höchstens zum Kaugummi und zum Bierpumpen. Trotzdem entdeckte ich auch Mr. Hand dabei, den Schulvorsteher, einen, alles in allem, sehr anständigen Burschen, und keiner von denen, sollte man denken, der sich einer so schäbigen Gesellschaft mit einem so schändlichen Auftrag anschließen würde. Daß Amos Legrand dabei war, konnte man sich mit seiner Neugier erklären; er war zum erstenmal schweigsam. Kein Wunder. Als ob er ihr Spazierstock sei, stützte sich Verena mit der Hand auf seinen Kopf, der nicht ganz bis zu ihrer Hüfthöhe ging. Auf der anderen Seite hatte ihr der finstere Reverend Buster formell den Arm gereicht. Als ich Verena sah, fühlte ich in halber Betäubung das Entsetzen wieder erwachen, das mich nach meiner Mutter Tod überfiel, als sie auf das Haus zugeschritten war, um mich einzufordern. Vor Verachtung schien sie beinahe gelähmt, doch bewegte sie sich mit ihrer gewohnten, bemerkenswerten Autorität voran und blieb, von ihrer Eskorte gefolgt, unter unserer Sykomore stehen.

Der Richter wich keinen Zentimeter; Aug in Auge stand er, in den Boden gewurzelt, dem Sheriff gegenüber, als hütete er eine Grenze, die zu überschreiten niemand wagen dürfe.

In diesem kritischen Augenblick fiel mein Blick auf den kleinen Homer. Ganz allmählich entrollte er sein Lasso. Schlangengleich kroch und baumelte es, und die weite Schlinge war geöffnet wie ein Paar Kinnbacken; sie schnappte, fachmännisch geschleudert, um den Nacken des Reverend Buster, dessen Würgeschrei der kleine Homer dadurch unterdrückte, daß er das Seil kräftig anzog.

Seinen Freunden blieb nicht viel Zeit, sich mit seiner mißlichen Lage zu befassen, mit seinem blutunterlaufenen Gesicht und seinen umherrudernden Armen; denn der Erfolg des kleinen Homer löste bei uns einen Generalangriff aus. Steine flogen, Pfiffe schrillten wie Schreie aufgestörter Vögel, und die Männer, die sich gegenseitig knufften und in allgemeiner Verwirrung wegpufften, suchten Schutz, wo sie konnten, besonders unter den Leibern der Kameraden, die schon am Boden lagen. Verena mußte Amos Legrand eins um die Ohren boxen, denn er versuchte unter ihren Rock zu kriechen. Man kann behaupten, daß sie allein sich wie ein wirklicher Mann benahm; sie drohte mit ihren Fäusten zu den Bäumen empor und verwünschte uns in Grund und Boden.

Auf dem Höhepunkt des Getöses dröhnte ein Schuß, wie wenn eine eiserne Tür heftig zuschlägt. Sein ernstes, endloses Echo löschte unsere Kampfeslust; und in der Stille, die eintrat, hörten wir etwas mit Wucht durch die benachbarte Sykomore herunterkrachen.

Es war Riley, und er fiel und fiel, langsam und schlaff wie eine abgeschossene Katze. Die Mädchen kreischten und hielten sich die Augen zu, als er durch die brechenden Äste stürzte und mit dem zerfetzten Laub durch die Luft herunterschwankte, bis er, als ein blutender Haufen, auf der Erde aufschlug. Keiner näherte sich ihm.

Bis endlich der Richter sagte: »Junge, mein Junge«, und außer sich neben ihm in die Knie brach; er streichelte Rileys schlaffe Hände. »Hab Erbarmen, Sohn, hab Erbarmen – antworte.« Die anderen Männer, vor Furcht zitternd und schafsdumm, schlossen sich zu einem Kreis um sie. Einer erteilte Ratschläge, aber der Richter schien außerstande, sie zu begreifen. Einer nach dem anderen ließen wir uns aus den Bäumen herunter, und man hörte das zunehmende Geflüster der Kinder: »Ist er tot? Ist er tot?« Es war wie ein Stöhnen, wie das gedämpfte Heulen einer Schiffssirene. Mit respektvoll gelüfteten Hüten gaben die Männer den Weg für Dolly frei. Sie war zu betäubt, um Notiz von ihnen zu nehmen, ebensowenig wie von Verena, an der sie vorbeiging, ohne sie zu sehen.

»Ich will wissen«, sagte Verena in einem Ton, den

man nicht überhören konnte, »welcher von euch Idioten den Schuß abgefeuert hat?«

Die Männer beäugten sich gegenseitig mit vorsichtigen Blicken; die meisten waren auf Big Eddie Stover gerichtet. Seine Kinnbacken zitterten, und er benetzte seine Lippen. »Zum Teufel, ich wollte auf niemanden schießen. Ich habe bloß meine Pflicht getan, das ist alles.«

»Das ist nicht alles«, entgegnete Verena streng. »Ich mache Sie verantwortlich, Mr. Stover.«

Daraufhin wandte sich Dolly um; ihre Augen, die man hinter dem Schleier nur undeutlich sah, umfaßten Verena mit einem Blick, der alle anderen ausschloß. »Verantwortlich? Keiner ist das – außer uns selbst.«

Schwester Ida war neben dem Richter an Rileys Seite niedergekniet. Sie zog ihm das Hemd über den Kopf. »Dankt euerm Schöpfer, es ist nur seine Schulter«, rief sie, und die Seufzer der Erleichterung, namentlich allein die von Eddie, hätten genügt, um einen Papierdrachen in die Lüfte steigen zu lassen. »Aber er ist trotzdem ganz schön ramponiert. Einige von euch Kerlen sollten ihn lieber zum Doktor tragen.« Sie stillte Rileys Blut mit einem Verbandfetzen, den sie von ihrem Rock herunterriß. Der Sheriff und drei seiner Männer verschränkten die Arme und stellten auf diese Weise eine Bahre her, auf der sie Riley tragen konnten. Er war nicht der einzige, der getragen werden mußte. Der Reverend Buster war ähnlich schwach auf den Beinen; mit schlenkernden Gliedern wie eine Marionette, und zu schwach, um die Schlinge zu bemerken, die noch um seinen Hals hing, brauchte er von mehreren Seiten Hilfe, ehe er sich auf den Weg machen konnte. Der kleine Homer schrie ihm nach: »He, gib mir mein Seil zurück!«

Amos Legrand wartete darauf, Verena begleiten zu dürfen; sie befahl ihm, ohne sie zu gehen, da sie nicht die Absicht habe, den Platz zu verlassen, wenn nicht Dolly – zögernd sah sie auf die übrigen von uns, besonders auf Schwester Ida: »Ich möchte gern mit meiner Schwester allein sprechen.«

Mit einer Handbewegung, durch die sie Verena entließ, sagte Schwester Ida: »Seien Sie unbesorgt, Gnädige. Wir sind bereits unterwegs.« Sie umarmte Dolly. »Gott segne dich, wir lieben dich. Tun wir das etwa nicht, Kinder?« Der kleine Homer sagte: »Komm mit, Dolly. Wir werden es schön haben. Ich werde dir meinen Silbergürtel schenken.« Und Texaco Gasoline warf sich dem Richter um den Hals und flehte ihn an, auch mitzugehen. Mich schien niemand zu wollen.

»Ich werde es euch niemals vergessen, daß ihr mich mitnehmen wolltet«, sagte Dolly, und ihre

Blicke eilten von einem zum anderen, als wollte sie sich die Gesichter genau einprägen. »Viel Glück! Addio! Lauft jetzt«, ihre Stimme erhob sich über ein neues und näherkommendes Donnergrollen, »lauft, es regnet.«

Es war ein kitzelnder, federleichter Regen, wie eine feine Tüllgardine, in deren Falten Schwester Ida und ihre Familie verschwanden. Verena fragte: »Ist es möglich, daß du mit diesem Weib – gemeinsame Sache gemacht hast? Und das, nachdem sie deinen Namen in den Schmutz gezogen hat?«

»Ich glaube nicht, daß du mich beschuldigen kannst, mit jemand gemeinsame Sache gemacht zu haben«, antwortete Dolly gelassen. »Besonders nicht mit solchen Bullen«, hier verlor sie etwas die Selbstbeherrschung, »die Kinder bestehlen und alte Frauen ins Gefängnis schleppen. Auf einen Namen, mit dem man solchen Maßnahmen zustimmt, kann ich mir nicht viel einbilden. Er verdient es, dem Spott ausgeliefert zu werden.«

Verena nahm das ohne Wimperzucken hin. »Du bist nicht bei dir«, erklärte sie, als sei das ein klinischer Befund.

»Du solltest mich genauer ansehen, ich bin bei mir«, Dolly schien zu einer Untersuchung bereit zu sein. Sie war ebenso groß wie Verena und ebenso sicher; nichts an ihr war unentschlossen und verschwommen. »Ich habe deinen Rat befolgt, ich meine den, meinen Kopf nicht hängen zu lassen. Du sagtest, das mache dich schwindelig. Und es sind erst ein paar Tage her«, fuhr sie fort, »daß du mir sagtest, du schämtest dich meiner – und Catherines. Wir haben ein gutes Teil unseres Lebens nur für dich gelebt; es ist schmerzlich, wenn man sich klarmachen muß, daß das Verschwendung war. Weißt du, was das ist, dieses Gefühl von Verschwendung?«

Kaum vernehmbar antwortete Verena: »Ich kenne es.« Und es war, als ob sie mit ihrem inneren Blick auf einen endlosen Wüstenweg zurückschaute. Sie hatte den Ausdruck, den ich schon an ihr kannte, als ich sie vom Dachboden aus spät in der Nacht beobachtete, wenn sie über den Photos von Maudie Laura Murphy, denen von Maudie Lauras Mann und deren Kindern brütete. Sie schwankte, sie legte eine Hand auf meine Schulter; sonst wäre sie, meine ich, wohl umgesunken.

»Ich glaubte, diese Kränkung würde mich bis zu meinem Todestag schmerzen. Das wird sie nicht. Aber es ist keine Genugtuung für mich, Verena, wenn ich dir sage, daß auch ich mich deiner schäme.«

Es war vollends Nacht geworden; Frösche und zirpendes Insektenvolk lobpriesen den langsam fallenden Regen. Wir sahen uns so undeutlich, als habe die Nässe den Schein unserer Gesichter ausgelöscht.

Verena sackte an meiner Schulter zusammen. »Ich fühle mich nicht gut«, hauchte sie mit fast erloschener Stimme. »Ich bin eine kranke Frau – wirklich, Dolly.«

Nicht ganz überzeugt davon näherte sich Dolly ihr und berührte sie plötzlich, als könne sie mit Fingern erspüren, ob das Wahrheit sei. »Collin«, befahl sie sanft, »Richter, bitte, helft Verena und mir hinauf in den Baum.« Verena protestierte, daß sie auf einen Baum klettern solle; aber als sie mit dem Gedanken vertraut geworden war, ging es ganz leicht. Das Floß des Baumhauses schien hilflos über die dampfenden Gewässer zu treiben; noch war es innen trocken, denn der milde Regen war noch nicht durch den Schirm des Laubdaches gedrungen. Wir fuhren dahin im Strom des Schweigens, bis Verena ihn unterbrach: »Ich muß dir etwas sagen, Dolly. Das würde mir leichter fallen, wenn wir allein wären.«

Der Richter kreuzte die Arme. »Ich fürchte, Sie werden sich mit mir abfinden müssen, Miß Verena.« Sein Ton war voller Nachdruck, aber nicht streitsüchtig. »Auch für mich ist das, was Sie zu sagen haben, von Wichtigkeit.«

»Das bezweifle ich. Wieso denn?« entgegnete sie und fiel wieder etwas in ihre alte, hochmütige Haltung zurück.

Er entzündete ein Kerzenstümpchen, und unsere plötzlichen Schatten krümmten sich um uns wie vier Horcher. »Ich liebe es nicht, in der Finsternis zu sprechen«, begann er. Er war nicht ohne Plan in dem aufrechten Stolz seiner Haltung; ich glaube, er wollte Verena dadurch zu erkennen geben, daß sie es mit einem Mann zu tun habe. Das war ein Faktum, das ihrer Erfahrung nach Männer selten genug betont hatten. Sie fand es unverzeihlich. »Du weißt es wohl nicht mehr, oder weißt du es doch noch, Charlie Cool? Es ist fünfzig Jahre her oder länger. Ein paar von euch Jungens stahlen die Brombeeren bei uns. Mein Vater erwischte deinen Vetter Seth, und ich erwischte dich. Du hast an dem Tag eine ganz schöne Tracht Prügel bezogen.«

Der Richter erinnerte sich daran; er errötete, lächelte und sagte: »Du hast damals nicht ehrlich gekämpft, Verena.«

»Ich habe ehrlich gekämpft«, verwies sie ihn trokken. »Aber darin hast du recht, da keiner von uns es liebt, sich in der Finsternis zu unterhalten, wollen wir das auch jetzt nicht tun. Offen gesagt, Charlie, du bist mir kein willkommener Anblick. Meine Schwester wäre nie auf einen solchen Blödsinn verfallen, wenn du sie nicht angestachelt hättest. Ich wäre dir dankbar, wenn du uns allein lassen würdest; dies hier ist in Zukunft nicht deine Sache.«

»Aber sie ist es doch«, beteuerte Dolly. »Weil der Richter Cool, weil Charlie . . .« Ihre Stimme versagte. Zum erstenmal schien ihre Unerschrockenheit brüchig geworden.

»Dolly meint, daß ich sie gebeten habe, mich zu heiraten.«

»Das ist«, brachte Verena nach einigen unschlüssigen Sekunden hervor, »das ist«, betonte sie, ihre behandschuhten Hände betrachtend, »bemerkenswert. Sehr bemerkenswert. Ich hätte keinem von euch soviel Phantasie zugetraut. Oder bin ich es, die sich etwas einbildet? Es ist durchaus möglich, daß ich mich selbst träume in einem nassen Baum in einer Gewitternacht. Nur, ich habe niemals Träume; oder vielleicht vergesse ich sie immer gleich. Ich schlage vor, daß wir diesen Traum hier alle vergessen.«

»Ich gebe es zu, ich meine auch, es ist ein Traum, Miß Verena. Aber ein Mann, der nicht träumt, ist wie ein Mann, der nicht schwitzt – er häuft eine Menge Gift in sich an.«

Sie beachtete ihn nicht; ihre ganze Aufmerksamkeit galt Dolly, und die von Dolly galt ihr. Es war, als seien sie allein, zwei Menschen in den entgegengesetzten Ecken eines öden Zimmers, Stumme, die sich in einer überspannten Zeichensprache verständigten, durch geheime Winke ihrer Augen; und dann schien es, als habe Dolly eine Antwort gegeben, eine, die jede Lebensfarbe in Verenas Gesicht auslöschte. »Ich verstehe. Du hast ihm dein Wort gegeben, ja?«

Der Regen war dichter geworden, Fische hätten in der Luft schwimmen können; wie ein Hämmern auf den Baßtönen eines Klaviers schlug er seine schwärzesten Akkorde an, und er strömte auf uns trommelnd wie ein Platzregen, der uns bedrohte, aber nicht erreichte. Tropfen sickerten durch die Blätter, aber das Baumhaus blieb wie ein trockenes Samenkorn in einer durstigen Pflanze. Der Richter schützte die Kerze mit der Hand; er wartete ebenso ängstlich wie Verena auf Dollys Antwort. Meine Ungeduld war nicht geringer als die ihre, aber ich fühlte mich vom Schauplatz verbannt und wieder als der Spion, der vom Dachboden hinunter spähte. Meine Sympathien waren seltsamerweise nirgendwo, oder besser, überall; eine Zärtlichkeit für alle drei rann in mir zusammen wie die Regentropfen, ich konnte sie nicht mehr trennen, diese Gefühle blühten auf für die ganze Menschheit.

Ebenso fühlte Dolly. Sie konnte keinen Unterschied mehr machen zwischen Verena und dem Richter. »Ich kann nicht«, rief sie endlich, gemartert von der Schwäche, die sie nicht hatte berechnen können. »Ich dachte, ich würde wissen, was recht ist. Aber das ist nicht so – ich weiß es nicht. Wissen andere

Menschen es? Wählen zu dürfen, dachte ich – ein Leben zu leben, das ich selbst entscheide ...«

»Aber wir haben unser Leben gelebt«, warf Verena ein. »Deines ist nicht so gewesen, daß du es bereuen müßtest; ich glaube nicht, daß du mehr begehrt hast, als du besaßest; ich habe es dir immer geneidet. Komm nach Hause, Dolly. Laß die Entscheidungen mir; das, weißt du, machte immer mein Leben aus.«

»Ist das wahr, Charlie?« Dolly fragte, wie ein Kind fragen würde: »Wohin stürzen die fallenden Sterne?« Und: »Haben wir unser Leben gelebt?«

»Wir sind noch nicht tot«, sprach er tröstlich zu ihr, aber das war so, als ob er dem fragenden Kind geantwortet hätte, daß die Sterne in den Raum fallen, eine unwiderlegbare, aber unbefriedigende Antwort. Dolly konnte sie nicht annehmen: »Nicht zu leben, dazu braucht man nicht tot zu sein. Zu Hause, in der Küche ist ein Geranium, das blüht und blüht. Viele Blumen blühen nur einmal, wenn überhaupt, und sonst geschieht nichts mit ihnen. Sie blühen, aber sie haben das Leben gelebt.«

»Nicht du«, sagte er und näherte sein Gesicht dem ihren, als wollte er, daß ihre Lippen sich berührten, doch dann schwankte er, als wage er es nicht. Der Regen hatte sich Gänge durch das Laubwerk gebrochen und rauschte mit voller Stärke herab. Kleine

Bäche strömten von Dollys Hut, der Schleier klebte an ihren Wangen; flackernd ging die Kerze aus. »Nicht ich.«

Unaufhörliche Blitze pulsten wie Feueradern durch den Himmel, und Verena, angeleuchtet von ihrem jähen Licht, schien mir eine Unbekannte zu sein, eine kummervolle, eine zerstörte Frau. Mit Augen, die noch enger standen als gewöhnlich, schien sie in eine innere Landschaft, in ein trostloses Land zu starren. Als die Blitze nachließen und das Rauschen des Regens uns mit seinen vielfältigen Lauten einkreiste, sprach sie, und ihre Stimme war so schwach und kam von so weit her, daß sie es kaum erwarten konnte, von einem von uns verstanden zu werden.

»Ich war neidisch, Dolly. Dein rosa Zimmer. Ich habe ja nur angeklopft an die Türen von solchen Zimmern und nicht oft – nur gerade so oft, daß ich heute weiß, niemand kann mir öffnen als du. Denn der kleine Morris, der kleine Morris – Gott helfe mir, ich liebte ihn, das tat ich. Nicht so, wie eine Frau liebt. Aber wir waren, oh, das muß ich eingestehen, verwandte Geister. Wir sahen uns in die Augen, wir erkannten denselben Teufel darin, wir waren nicht bange; es war – lustig war es. Aber er hat mich übertölpelt; ich habe geahnt, daß er das konnte, und ich hoffte, er würde es nicht tun, und er hat's getan, und jetzt – ein Leben lang allein zu sein, das ist zu lang. Ich geh durch das Haus und nichts ist mein, weder dein rosa Zimmer, noch deine Küche, das Haus ist, glaube ich, dein Haus und auch Catherines Haus. Nur verlaß mich nicht, laß mich mit dir leben, ich fühle mich alt, ich will meine Schwester.«

Der Regen, der Verenas Stimme begleitete, drängte sich dazwischen, zwischen Dolly und den Richter, und durch seine durchscheinende Wand sah er, wie ihre Gestalt sich auflöste, wie sie ihm entwich, so, wie sie vorher mir entwichen war. Mehr als das, das ganze Baumhaus schien sich aufzulösen. Ein ungestümer Wind ergriff die aufgeweichten Reste unseres Kartenspieles, wehte sie mit unseren Papierresten über Bord; die Mürbeplätzchen zerkrümelten, die mit Regenwasser angefüllten Marmeladengläser liefen über wie Springbrunnen, und Catherines schöne Flickendecke war zerstört, nichts als eine Sudelei. Alles ging dahin, wie die zum Untergang verurteilten Hausboote mit der Flut weggetrieben werden; und es war, als bliebe der Richter darin eingesperrt, und er winkte uns, während wir, die Überlebenden, am Ufer standen. Denn Dolly hatte gesagt: »Verzeih mir; ich brauche auch meine Schwester«, und der Richter konnte sie nicht mehr gewinnen, nicht mit seinen Armen, nicht mit seinem Herzen. Verenas Anspruch war zu endgültig gewesen.

Gegen Mitternacht ließ der Regen nach, und dann hörte er auf. Der orgelnde Wind trocknete die Bäume. Einzeln, wie verspätete Gäste auf einem Ball, erschienen Sterne am Himmel. Es war Zeit zu gehen. Wir nahmen nichts mit. Wir ließen die Decke vermodern, die Löffel verrosten; und das Baumhaus und die Wälder ließen wir dem Winter.

VII

Eine ganze Zeit lang hatte Catherine die Gewohnheit, den Zeitpunkt aller Ereignisse danach zu bestimmen, ob sie vor oder nach ihrer Verhaftung stattgefunden hatten. »Das war vorher«, betonte sie zum Beispiel, »ehe ›Jene‹ einen Zuchthausvogel aus mir machte.« Was uns andere betraf, so teilten wir untereinander die Zeit durch ähnliche Einschnitte in die Zeit vor dem Baumhaus und in die Zeit nach dem Baumhaus. Diese wenigen Herbsttage waren ein Markstein gewesen und ein Wegweiser.

Der Richter betrat sein Haus, das er mit seinen Söhnen und deren Frauen geteilt hatte, nur noch, um sich seine Sachen zu holen; das schien ihnen recht zu sein, jedenfalls erhoben sie keinen Einspruch, als er in Miß Bells Pension ein Zimmer mietete. Es war ein düsteres, feierliches Gebäude, das später von einem Spekulanten in ein Leichenhaus umgewandelt wurde, da einige Renovierungen sich als notwendig erwiesen hatten, um dem Haus ein einigermaßen entsprechendes Aussehen zu geben. Ich ging sehr ungern daran vorbei; denn die Gäste von Miß Bell, Damen, dornig wie unbetreute Rosensträucher in einem unordentlichen Garten, besetzten die Vorhalle von früh bis spät als wettlaufende Wächter der Tugend. Eine von ihnen, die zweimal verwitwete Mamie Canfield, war in der Feststellung von Schwangerschaften erfahren. (Der Legende nach soll irgendein Ehegatte zu seiner Frau gesagt haben: »Warum verschwendest du das Geld an den Doktor? Geh einfach bei Miß Bell vorbei, Mamie Canfield, die wird es bald genug unter die Leute bringen, ob du es bist oder nicht bist.«) Ehe der Richter dort einzog, war Amos Legrand der einzige Mann, der bei Miß Bell residierte. Für die anderen Pensionäre war er von Gott gesandt. Die ihm geweihten Augenblicke des Tages kamen nach dem Abendessen, wenn Amos sich im Schaukelstuhl niederließ, mit seinen kurzen Beinchen, die den Fußboden nicht berührten, mit seiner Zunge, die wie eine Alarmglocke trillerte. Sie wetteiferten untereinander, ihm die Socken und die Sweater zu stricken und seine Diät zu überwachen, für ihn wurden die besten Bissen bei den Mahlzeiten reserviert. Miß Bell hatte Mühe, eine Köchin zu finden, denn die Damen drängten sich dauernd in die Küche und wollten Leckerbissen zubereiten, um ihren Liebling zu verführen. Wahrscheinlich hätten sie dasselbe für den Richter getan, aber er kümmerte sich nicht um sie und hatte, wie sie erklärten, niemals Lust, die Zeit totzuschlagen.

Die letzte Nacht im Baumhaus, in der wir bis auf die Haut durchnäßt wurden, hatte mir eine böse Erkältung eingetragen, Verena eine noch schlimmere, und Dolly war unsere niesende Pflegerin. Catherine wollte nicht helfen. »Herzensdolly, wie es dir gefällt, leere du den Kehrichteimer von ›Jener‹ aus, bis du verreckst. Aber rechne nicht damit, daß ich auch nur einen Finger krümme. Ich habe es satt, ich habe meine Last von mir geworfen.«

Dolly stand zu jeder Stunde der Nacht auf und brachte uns Siruptees, die unseren Brustschleim lösten, und legte die Feuer nach, die uns warm hielten. Verena nahm diese Aufmerksamkeiten nicht einfach mehr als Dollys Pflicht hin, wie sie es früher getan hatte. »Im Frühling«, versprach sie Dolly, »werden wir zusammen verreisen. Wir können ins Grand Canyon gehen und Maudie Laura besuchen. Oder nach Florida – du hast das Meer noch nie gesehen.« Aber Dolly war da, wo sie zu sein wünschte. Sie hatte kein Verlangen, zu reisen: »Es würde mich nicht freuen, Dinge zu sehen, die ich durch edlere Einsichten als Trug erkannt habe.«

Doktor Carter kam regelmäßig vorbei, um nach uns zu sehen, und eines Morgens fragte Dolly ihn, ob er wohl auch ihre Temperatur messen wolle; sie fühlte sich so heiß und schwach in den Beinen. Er schickte sie sofort ins Bett, und sie hielt es für sehr komisch, als er ihr mitteilte, daß sie eine ›progressive Lungenentzündung‹ habe. »Progressive Lungenentzündung«, sagte sie zu dem Richter, der sie besuchte, »das muß irgend etwas Neues sein, ich habe noch nie davon gehört. Mir ist, als ginge ich auf Stelzen und sänge himmelwärts wie eine Lerche. Wundervoll«, flüsterte sie und schlief ein.

Drei, beinahe vier Tage lang wachte sie niemals richtig auf. Catherine blieb bei ihr und nickte in einem Korbstuhl in steifer Haltung ein und knurrte leise, wenn Verena oder ich auf Zehenspitzen das Zimmer betraten. Sie bestand darauf, Dolly mit einem Bild von Jesus zu fächeln, als ob es Hochsommer wäre; und es war eine Schande, wie sie Doktor Carters Verordnungen mißachtete. »Das würde ich nicht an ein Schwein verfüttern«, erklärte sie in bezug auf die Medizin, die er herübergeschickt hatte. Schließlich betonte Doktor Carter, er lehne jede Verantwortung ab, wenn die Patientin nicht in ein Krankenhaus gebracht würde. Das nächste Krankenhaus war in Brewton, sechzig Meilen weit entfernt. Verena bestellte von dort einen Krankenwagen. Sie hätte sich diese Ausgabe sparen können, denn Catherine sperrte Dollys Tür von innen ab und erklärte, der erste, der an der Klinke zu rütteln versuchte, würde selbst einen Krankenwagen brauchen. Dolly wußte nicht, wohin man sie schaffen wollte; was immer auch geschähe, sie wünschte sich nur, bleiben zu dürfen. »Weckt mich nicht auf«, murmelte sie, »ich will das Meer nicht sehen.«

Gegen Ende der Woche konnte sie in ihrem Bett aufsitzen; ein paar Tage später war sie kräftig genug, um die Korrespondenz mit den Kunden für ihre Tropfenkur wieder aufzunehmen. Sie grämte sich über den Stoß unbearbeiteter Bestellungen, der sich angehäuft hatte. Aber Catherine, die sich das Verdienst an Dollys Besserung zuschrieb, sagte: »Pöh! Keine Frage, daß wir bald wieder draußen sind und unseren Trank brauen.«

Jeden Nachmittag, pünklich um vier Uhr, erschien der Richter an der Gartentür und pfiff mir, damit ich ihn einließ; dadurch, daß er die Gartentür benutzte und nicht die Haupttür, schränkte er die Möglichkeit ein, Verena zu begegnen. Es war nicht etwa so, daß sie etwas gegen seine Besuche einzuwenden hatte; im Gegenteil, sie war klug genug, für diese Besuche eine Flasche Sherry und ein Kistchen Zigarren bereitzustellen. Gewöhnlich brachte er Dolly ein Geschenk mit, Kuchen aus der Bäckerei zur Heuschrecke, oder Blumen, bronzebraune, kugelrunde Chrysanthemen, die Catherine schleunigst entfernte, da es ihre Theorie war, daß Blumen die

Luft verbrauchten. Catherine erfuhr niemals, daß er sich Dolly erklärt hatte; aber sie empfand die Situation als nicht ganz gehörig, benahm sich bei den Besuchen des Richters als eine wachsame Anstandsdame und führte die Unterhaltung größtenteils selbst, während sie den für ihn bestimmten Sherry schlürfte. Aber ich vermute, daß weder Dolly noch der Richter sich etwas mitzuteilen wünschten, das privater Natur war. Sie nahmen sich gegenseitig ohne jede Erregung hin, wie das zwischen Menschen zu sein pflegt, deren Zuneigung beständig geworden ist. Wenn er in anderer Richtung ein enttäuschter Mann war, so war er das nicht Dollys wegen, denn ich glaube, sie wurde für ihn das, was er gewollt hatte, der einzige Mensch auf der Welt – dem man alles sagen konnte und von dem er damals gesprochen hatte. Aber wenn alles gesagt werden kann, ist vielleicht nichts mehr zu sagen. Er saß neben ihrem Bett, zufrieden, da sein zu dürfen, und erwartete nicht unterhalten zu werden. Oft schlief sie, betäubt durch ihr Fieber, plötzlich ein; und wenn sie im Schlaf wimmerte oder murrte, weckte er sie auf und hieß sie willkommen mit einem morgenheiteren Lächeln.

Früher hatte es uns Verena nicht erlaubt, ein Radio anzuschaffen; feile Melodien, entschied sie, brächten den Geist in Unordnung, und überdies müßte man auch noch die Ausgabe bedenken. Dem Doktor Carter gelang es, sie davon zu überzeugen, daß Dolly ein Radio haben müßte; er meinte, es würde ihr bei der langen Genesungszeit, die er voraussah, helfen. Verena kaufte also eines und zahlte dafür einen hohen Preis; aber es war ein häßlicher Kasten mit einer roh polierten Haube. Ich nahm ihn in den Hof hinunter und malte ihn rosa an. Selbst dann war Dolly nicht sicher, ob sie ihn in ihrem Zimmer haben wollte; aber später wollte sie nicht mehr von ihm lassen. Catherine und sie ließen ihn dauernd spielen; man hätte Eier darin ausbrüten können, so heiß lief er sich. Beide bevorzugten die Sendungen über Fußballwettspiele. »O bitte nicht«, bat Dolly den Richter, als er versuchte, ihr die Spielregeln zu erklären. »Ich liebe das Geheimnisvolle daran. Jedermann schreit aus vollem Hals, und die Zeit geht herrlich vorbei. Wenn ich wüßte warum, dann würde es nicht mehr so stark und glücklich klingen.« Anfänglich war der Richter etwas verärgert, weil er Dolly nicht dazu bringen konnte, sich für eine der beiden Mannschaften zu begeistern. Sie meinte, beide Seiten sollten gewinnen: »Es sind doch alles reizende Burschen, das ist doch ganz klar.«

Catherine und ich hatten eines Nachmittags einen Wortwechsel in bezug auf das Radio. An diesem Nachmittag spielte Maude Riordan in einer Sendung der staatlichen Musikpreisbewerbung. Natürlich wollte ich das hören, aber Catherine hatte auf ein Städtewettspiel eingestellt und ließ mich nicht an das Radio heran. Ich protestierte: »Was ist mit dir los, Catherine? Immer unzufrieden, immer selbstsüchtig, immer muß es nach deinem Kopf gehen. Du bist ja schlimmer geworden, als Verena es jemals war.« Es schien wirklich, als wolle sie die Einbuße an Ansehen, die sie durch ihren Zusammenstoß mit den Gesetzen erlitten hatte, durch verdoppelte Herrschsucht im Talbohaus wettmachen; wir wenigstens hatten ihr indianisches Blut anzuerkennen und ihre Tyrannei anzunehmen. Dolly tat ihr den Willen, aber in der Sache mit Maude Riordan stand sie mir immerhin bei: »Collin soll seine Sendung suchen. Es wäre unchristlich von uns, wenn wir Maude nicht anhören wollten. Sie ist eine Freundin von uns.«

Alle, die Maude gehört hatten, stimmten darin überein, daß sie eigentlich den ersten Preis verdient hätte. Sie bekam den zweiten, und auch das war für ihre Familie angenehm, denn es bedeutete die Hälfte der Studienkosten an der Musikhochschule. Trotzdem war es nicht ganz gerecht, denn sie spielte besonders schön und besser als der Junge, der den ersten Preis gewann. Sie spielte die Serenade ihres Vaters, und das entzückte mich genau so sehr wie damals an dem Tag in den Wäldern. Seit jenem Tage hatte ich viele Stunden damit vergeudet, ihren Namen zu kritzeln und von ihren Reizen zu phantasieren, von ihrem Haar, das die Farbe von Vanilleeiscreme hatte. Der Richter kam noch zeitig genug, um die Sendung zu hören, und ich wußte, daß Dolly froh darüber war, denn es war uns, als seien wir wieder vereinigt in dem Laub des Baumes durch die Musik, die Schmetterlingsflügen glich.

Einige Tage später begegnete ich Elizabeth Henderson auf der Straße. Sie war in einem kosmetischen Salon gewesen; ihr Haar war in Wellen gelegt, und ihre Fingernägel waren lackiert, sie sah erwachsen aus, und ich machte ihr Komplimente darüber. »Ich bin unterwegs wegen unseres Festabends. Ich hoffe, dein Kostüm ist fertig.« Da fiel mir wieder das Fest vorm Allerheiligentag ein, zu dem sie und Maude mich gebeten hatten, damit ich als Wahrsager auftrete. »Du kannst es doch nicht vergessen haben? O Collin«, bat sie, »wir haben geschuftet wie die Gäule. Mrs. Riordan macht einen Weinpunsch für uns. Ich würde mich nicht wundern, wenn Betrunkenheit und alles mögliche andere vorkäme. Und schließlich ist es auch eine Feier für Maude, weil sie den Preis gewonnen hat, und weil sie«, Elizabeth blickte die Straße hinunter, diese verdrießliche Perspektive von verschlafenen Häusern und Telegrafenmasten, »weil sie fortgehen wird auf die Hochschule, du weißt ja.« Ein Gefühl von Einsamkeit überkam uns, und wir wollten uns lieber nicht gleich trennen – ich bot ihr an, sie nach Hause zu begleiten.

Unterwegs traten wir in die Bäckerei zur Heuschrecke ein, wo Elizabeth einen Kuchen für Allerheiligen bestellte, und Mrs. C. C. County, in einer Schürze, die von Zuckerkristallen glitzerte, kam aus dem Backraum, um sich nach Dollys Befinden zu erkundigen. »Hoffentlich so gut, als man es nur erwarten kann«, lamentierte sie. »Man stelle sich vor, eine progressive Lugenentzündung. Meine Schwester hat die gewöhnliche gehabt, wo man sich nur ins Bett zu legen braucht. Na schön, wir können Gott danken, daß Dolly wieder in ihrem eigenen Bett liegt; ich bin ganz erleichtert darüber, daß ihr Leutchen wieder zu Hause seid. Ha, ha, ich meine, heut können wir über all diese Verrücktheiten von damals lachen. Schau her, ich habe grad ein Blech mit Krapfen herausgezogen; bring sie Dolly mit meinen Segenswünschen.« Elizabeth und ich hatten einen großen Teil der Karpfen schon aufgegessen, ehe wir ihr Haus erreichten. Sie lud mich ein, ein Glas Milch mit ihr zu trinken und die Krapfen vollends zu vertilgen.

Heute ist dort, wo das Hendersonhaus damals stand, eine Tankstelle. Es waren etwa fünfzehn zugige Zimmer, zufällig zusammengenagelt, das Haus hätte eine Unterkunft für verirrte Tiere sein können, wenn Riley nicht doch ein ganz geschickter Zimmermann gewesen wäre. Etwas außerhalb hatte er einen Schuppen, der eine Verbindung von Werkstatt und Privatheiligtum darstellte, und wo er die Vormittage verbrachte, um Bauholz zu sägen und Dachschindeln zu hobeln. Wandbretter bogen sich unter den Überresten überwundener Liebhabereien, Schlangen, Bienen, Spinnen, die in Alkohol konserviert waren, eine Fledermaus, die in einer Flasche verweste, Schiffsmodelle. Eine knabenhafte Begeisterung für die Kunst des Ausstopfens hatte eine erbarmungswürdige zoologische Sammlung schlecht riechender Tiere hervorgebracht, ein augenloses Kaninchen mit madig-grünem Fell und Ohren, die herunterhingen wie die eines Bluthundes; Dinge, die man besser beerdigt hätte. Ich hatte unlängst Riley noch einige Male gesehen; Big Eddie Stovers Kugel hatte seine Schulter zerschmettert und hatte ihn dazu verdammt, einen juckenden Gipsverband zu tragen, der, wie er prahlte, mindestens hundert Pfund wog. Da er darum seinen Wagen nicht mehr lenken oder einen Nagel ordentlich einschlagen konnte, blieb ihm nicht viel anderes übrig, als herumzulungern und zu brüten.

»Wenn du Riley sehen willst«, meinte Elizabeth, »dann findest du ihn draußen im Schuppen. Ich glaube, Maude ist auch dort.«

»Maude Riordan?« Ich hatte Grund, erstaunt zu sein, denn wenn ich Riley gelegentlich besuchte, betonte er, daß wir im Schuppen sitzen müßten; dort würden uns die Mädchen nicht belästigen, denn da war, so verkündete er, die Schwelle, die kein weibliches Wesen überschreiten dürfe.

»Liest ihm was vor. Gedichte, Dramen. Maude ist einfach anbetungswürdig, obgleich mein Bruder sie nie mit dem üblichen menschlichen Anstand behandelt hat. Aber sie sagt, was vorbei ist, ist vorbei. Ich meine, wenn man so dicht am Sterben war, wie er es war, ich glaube, das ändert einen Menschen, macht ihn empfänglicher für die schönen Dinge. Um diese Zeit läßt er sich immer von ihr vorlesen.«

Der Schuppen lag, von Feigenbäumen beschattet, rückwärts im Hof. Plymouthhennen wackelten wie Matronen über seine Türstufen und pickten die Sonnenblumenkerne aus dem letzten Sommer auf. Über der Tür stand ein halb verblichenes Wort wie ein Kinderschreck auf der gekalkten Mauer: Hüte Dich! Es machte mich scheu. Hinter der Tür hörte ich Maudes Stimme, ihre Lesestimme, ein ersterbender Singsang, den gewisse Flegel in der Schule mit Vorliebe nachmachten. Jedermann, der erfahren hätte, daß es mit Riley Henderson so weit gekommen sei, hätte gesagt, daß er seit dem Sturz von der Sykomore nicht mehr richtig im Kopf sei. Verstohlen spähte ich durch das Fenster des Schuppens und konnte einen Blick auf ihn werfen; er war darein vertieft, ein Uhrwerk auseinanderzunehmen und, nach seinem Ausdruck zu urteilen, lauschte er auf kein erhebenderes Geräusch als auf das Summen einer Fliege; er bohrte sich kitzelnd einen Finger ins Ohr, als ob ihn dort etwas störte. Und gerade in dem Augenblick, als ich mich entschloß, sie durch ein Klopfen an der Fensterscheibe aufzuschrecken, schob er das Uhrwerk beiseite, trat hinter Maude und schloß das Buch, aus dem sie vorlas. Mit einem Grinsen zog er sie an den Flechten ihres Haares; sie erhob sich wie ein Kätzchen, das man an seinem Nackenfell packt. Es war so, als ob das Licht sie säumte mit einem Glanz, der meinen Augen wehe tat. Man sah, es war nicht das erste Mal, daß sie sich küßten.

Es war noch keine Woche her, daß ich Riley, wegen seiner Erfahrung in solchen Belangen, mein Vertrauen geschenkt hatte. Ich gestand ihm meine Gefühle für Maude: »Bitte hör zu.«

Ich wünschte mir jetzt, ein Riese zu sein, der den Schuppen mit beiden Armen umklammern und ihn zersplittern könnte, der die Tür eintreten könnte, um sie beide öffentlich bloßzustellen. Aber – welcher Vergehen konnte ich Maude bezichtigen? Unbekümmert darum, wie schlecht sie manchmal über Riley sprach, hatte ich immer gewußt, daß ihr Herz ihm gehörte. Es war ja nicht so gewesen, daß wir beiden jederzeit in bestem Einvernehmen waren; meistens waren wir gute Freunde gewesen, in den letzten Jahren aber nicht einmal das. Als ich durch den Hof zurückging, gackerten die prunkhaften Plymouthhennen höhnisch hinter mir her.

Elizabeth fragte: »Du bist nicht lange dort gewesen. Waren sie denn nicht da?«

Ich erklärte ihr, daß ich es nicht für richtig hielt, sie zu stören. »Sie waren vollauf mit anderen, schöneren Dingen beschäftigt.«

Aber Elizabeth hatte keine sarkastische Ader; sie war, ungeachtet des Feingefühls, das ihre seelenvolle Erscheinung versprach, eine Person, die alles durchaus wörtlich nahm. »Ist das nicht wunderbar?«

»Wunderbar.«

»Collin – um Himmels willen, warum ziehst du's immer in deiner Nase hoch?«

»Hat nichts zu bedeuten. Ich hab mich erkältet.«

»Schön, ich hoffe nicht, daß dich das von unserem Fest abhält. Nur mußt du unbedingt ein Kostüm haben. Riley kommt als Teufel.«

»Das ist höchst passend.«

»Dich möchten wir natürlich als Skelett verkleidet sehen. Ich weiß, es ist nur ein Tag bis dahin ...«

Ich hatte nicht die Absicht, auf das Fest zu gehen. Sobald ich zu Hause war, setzte ich mich nieder, um

Riley einen Brief zu schreiben: Lieber Riley ... Lieber Henderson. Ich strich das ›Lieber‹ aus. Einfach Henderson, das würde es auch tun. »Henderson, Dein Verrat blieb nicht unbemerkt.« Seiten füllten sich mit dem Bericht über die Anfänge unserer Freundschaft und mit ihrer ehrenwerten Geschichte; und ganz allmählich wuchs in mir ein Gefühl, das mir sagte, daß hier irgendein Irrtum vorliegen müsse. Ein so herrlicher Freund hätte mir niemals Unrecht tun können. Bis ich mich am Ende selbst berauschte mit der Mitteilung, daß er mein bester Freund sei, mein Bruder. Dann warf ich diese Faseleien in den Kamin, und fünf Minuten später war ich in Dollys Zimmer, um mit ihr zu besprechen, ob es eine Möglichkeit gäbe, daß ich am nächsten Abend als Skelett erscheinen könne.

Dolly hatte wenig Eignung zu einer Schneiderin, sie hatte schon Schwierigkeiten damit, einen Saum zu nähen. Genauso war es eigentlich mit Catherine; es war jedoch Catherines Ehrgeiz, auf allen Gebieten fachmännisch beschlagen zu erscheinen, ganz besonders auf jenen, für die sie überhaupt nicht zuständig war. Also sandte sie mich in Verenas Konfektionshaus, um sieben Meter besten schwarzen Satin zu holen. »Bei sieben Metern bleiben so'n paar Fetzen übrig. Ich und Dolly, wir fassen Unterröcke damit ein.« Dann machte sie ein großes Theater, meine Länge und Breite zu messen, was ein ganz überflüssiges Beginnen war, weil sie gar keine Ahnung hatte, wie man solche Maße für Schnitte und Schere verwertet. »Das kleine Stück da«, sagte sie und hackte einen Meter ab, »gibt reizende Pumphosen. Und da das«, schnipp, schnipp... »...schwarzer Satinkragen, kommt auf mein altes bedrucktes Kattunkleid.« Der Stoff, der für mich übrigbleiben sollte, hätte kaum die Blöße eines Zwerges bedeckt.

»Catherine, liebe, wir dürfen nicht nur an unsere eigenen Bedürfnisse denken«, warnte Dolly.

Sie arbeiteten den ganzen Nachmittag ohne Unterlaß. Der Richter wurde während seines üblichen Besuches gezwungen, Nähnadeln einzufädeln, eine Tätigkeit, die Catherine verabscheute: »Kribbelt mir an den Fingern wie fetter Wurm am Angelhaken.« Um die Abendbrotzeit erklärte sie, genug zu haben, und ging in ihr Haus unter den Bohnenstangen.

Aber der Wunsch, damit zu Rande zu kommen, hatte Dolly gepackt und eine gesprächige Heiterkeit dazu. Ihre Nadel segelte hin und her durch den Stoff; gleich den Säumen, die sie nähte, gingen ihre Sätze etwas schwankend und unregelmäßig durcheinander. »Glaubst du«, fragte sie, »daß Verena es mir gestattet, eine Gesellschaft zu geben? Jetzt, da ich so viel Freunde habe? Riley, Charlie – und könnten wir Mrs. County bitten, und Maude, und Elizabeth? Im Frühling. Eine Gartengesellschaft mit ein bißchen Feuerwerk. Mein Vater konnte sehr gut nähen. Schade, daß ich das nicht von ihm geerbt habe. Früher nähten viele Männer; ein Freund von Papa gewann, ich weiß nicht wieviel, Preise für seine Flikkendecken. Papa meinte, es zerstreute ihn nach der schweren Arbeit auf dem Hof ... Collin! Versprich mir, daß du mir das nicht übelnimmst: Ich war zuerst dagegen, daß du hierher kamst. Ich konnte nicht glauben, daß es recht sei, wenn ein Junge in einem Haus unter lauter Frauen aufwächst. Mit alten Frauen und ihren Vorurteilen. Aber es ist geschehen; und irgendwie bin ich nicht mehr bekümmert deswegen. Du wirst nun dich selber kennen, du wirst vorwärtskommen. Ich möchte, daß du mir eines versprichst: sei nicht unfreundlich zu Catherine. Versuche, ihr nahe zu bleiben. Ich liege oft in den Nächten wach, wenn ich daran denke, daß sie verlassen ist. Hier«, und sie hielt mein Kostüm hoch, »laß uns probieren, ob es paßt.«

Es zwickte im Schritt, und der Hosenboden hing herunter wie die Unterhosen eines alten Mannes. Die Hosenbeine waren so weit wie Matrosenhosen, ein Ärmel reichte bis zu meinem Handgelenk, der andere ging bis über meine Fingerspitzen. Es war nicht gerade – auch Dolly mußte das zugeben – sehr stilvoll. »Aber wenn wir erst die Knochen darauf gemalt haben ...« frohlockte sie. »Mit Silberfarbe. Verena brachte sie einmal mit, um den Flaggenmast aufzufrischen, damals, ehe sie sich gegen die Regierung einstellte. Sie muß noch irgendwo auf dem Dachboden sein, die kleine Blechbüchse. Schau unter das Bett und sieh mal, ob du meine Pantoffeln ausfindig machen kannst.«

Es war ihr verboten worden aufzustehen, selbst Catherine wollte das nicht erlauben. »Das macht keinen Spaß, wenn du mich auszankst«, sagte sie und fand ihre Pantoffeln selbst. Die Rathausuhr hatte elf geschlagen, und das hieß, es war zehn Uhr dreißig, also schon weit in der Nacht für eine Stadt, deren achtbare Haustüren um neun Uhr zugesperrt werden; es schien noch später, weil im Nebenzimmer Verena ihre Bücher bereits geschlossen hatte und zu Bett gegangen war. Wir nahmen uns eine Petroleumlampe aus der Wäschekammer und stiegen bei ihrem schwankenden Licht auf Zehenspitzen die Leiter zum Dachboden empor. Es war kalt da oben; wir stellten die Lampe auf ein Faß und hielten uns in ihrer Nähe, als sei sie ein Herdfeuer. Mit Sägemehl gefüllte Köpfe, die einmal beim Verkauf von St. Louis-Hüten mitgeholfen hatten, sahen uns zu, während wir herumsuchten; wo immer wir etwas mit unseren Händen anrührten, schienen zarte Füße gekränkt fortzueilen. Herunterstürzend rollten klappernde Mottenkugeln aus einer Schachtel über den Boden. »O je, o je«, rief Dolly kichernd, »wenn Verena das hört, holt sie den Sheriff.«

Wir trieben zahllose Pinsel auf; die Farbe, die wir unter einem Wirrwarr von längst vertrockneten Festtagsgirlanden entdeckten, entpuppte sich als Goldfarbe und nicht als Silberfarbe. »Das ist natürlich viel schöner, nicht? Gold, das ist das Wahre. Aber schau nur, was ich noch gefunden habe.« Es war eine Schuhschachtel, die mit Bindfaden verschnürt war. »Meine Kostbarkeiten«, rief sie entzückt und öffnete die Schachtel unter der Lampe. Eine leere Honigwaabe wurde gegen das Licht gehalten, ein Hornissennest und eine mit Gewürznelken besteckte Orange, die mit den Jahren ihr Aroma verloren hatte. Sie zeigte mir ein Eichelhäherei von vollendetem Blau, das in einer Wiege von Watte lag.

»Ich hatte zu strenge Grundsätze. Darum hat es Catherine für mich gestohlen, es war ihr Weihnachtsgeschenk.« Sie lächelte; ihr Gesicht zuckte, es schwebte wie eine Motte um den Lampenzylinder, wie eine wagemutige, eine todsüchtige Motte. »Charlie sagte: Liebe ist eine Kette von Liebe. Ich hoffe, du hast ihm zugehört und ihn verstanden. Denn wenn du eines lieben kannst«, sie hielt das blaue Ei wie etwas Unschätzbares, so wie damals der Richter das Blatt gehalten hatte, »dann kannst du auch ein anderes lieben, und das ist dann dein Eigentum, das ist etwas, mit dem du leben kannst. Du kannst alles verzeihen. Ach ja«, seufzte sie, »wir haben dich ja noch nicht angemalt. Ich möchte Catherine überraschen; wir wollen ihr sagen, daß die Wichtelmänner dein Kostüm fertiggemacht haben, während wir schliefen. Sie wird wütend sein.«

Wieder ließ die Rathausuhr ihre Botschaft herabschweben, jeder Schlag wie ein wehendes Banner über der fröstelnden, schlafenden Stadt. »Ich weiß, daß es kitzelt«, sagte sie und zeichnete die Rippen auf meine Brust. »Aber ich werde alles verpatzen, wenn du nicht still hältst.« Sie tauchte den Pinsel ein und ließ ihn leicht an meinen Ärmeln und an den Hosenbeinen entlanggleiten, um die goldenen Knochen an Armen und Beinen zu malen. »Du mußt dir alle Komplimente merken, die man dir macht, es werden viele sein«, murmelte sie, als sie fast unbescheiden ihr Werk überprüfte. »Oh, mein Lieber, mein lieber ...« sie bog sich in einem Gelächter, das in den Dachsparren widerhallte. »Merkst du es ...«

Denn ich war nicht ungleich dem Manne, der sich selbst an die Wand gemalt hatte. Ich saß, vorn und hinten frisch vergoldet, in dem Kostüm wie in einer Falle, in einer schönen Klemme, aus der ich ihr mit dem Zeigefinger drohte.

»Du mußt dich schnell drehen«, neckte sie mich,

»das Wirbeln macht dich trocken.« Sie breitete ihre Arme glückselig aus und drehte sich in langsamen seltsamen Kreisen durch die Schatten des Dachbodens, ihr glatter Kimono blähte sich, ihre dünnen Füße schlotterten in den Pantoffeln. Es war, als habe sie sich mit einem Tanzpartner vereint. Sie strauchelte, eine Hand auf der Stirne, eine Hand auf dem Herzen. In der Ferne, am Horizont aller Geräusche ertönte der heulende Pfiff einer Lokomotive; er erweckte mich so weit, daß ich die Bestürzung sah, die ihre Augen hervortreten ließ, und die Krämpfe, die ihr Gesicht durchzuckten. Mit meinen Armen um sie, mit der noch frischen Malerei, deren Muster sich auf ihr abdrückte, rief ich Verena: »Zu Hilfe! Irgendeiner!«

Dolly flüsterte: »Pscht, pscht, still!«

Häuser kündigen zur Nachtzeit eine Katastrophe durch eine plötzliche, erbarmungslose Lichtflut an. Catherine schlurrte von Zimmer zu Zimmer und schaltete Lampenlichter an, die Jahre hindurch nicht benutzt worden waren. Mit Schüttelfrost saß ich in meinem verdorbenen Kostüm in der voll erleuchteten Eingangshalle und teilte eine Bank mit dem Richter. Er war sofort gekommen und hatte einen Regenmantel über sein Flanellnachthemd geworfen. Immer wenn Verena erschien, verbarg er seine nackten Beine unter dem Mantel, keusch wie ein junges Mädchen. Nachbarn kamen, herbeigelockt von unseren erleuchteten Fenstern, und flüsterten sanfte Fragen. Verena gab an der Haustür Auskunft: ihre Schwester, Miß Dolly, habe einen Schlaganfall erlitten. Doktor Carter ließ keinen von uns in das Zimmer, und wir nahmen es hin, sogar Catherine, die, nachdem sie das letzte Licht hatte aufleuchten lassen, an Dollys Tür stand und die Stirn gegen sie lehnte.

In der Halle war ein Garderobenständer mit mehreren Sprossen und einem Spiegel. Dort hing Dollys Samthut, und als gegen Sonnenaufgang ein leichter Morgenwind durch das Haus blies, spiegelte sich Dollys flügelschlagender Schleier in ihm.

Da wußte ich so genau wie nur irgend etwas, daß Dolly uns verlassen hatte. Vor einigen Augenblicken hatte sie sich unbemerkt weggeschlichen, und in meiner Vorstellung folgte ich ihr. Sie überquerte den Platz, sie kam an der Kirche vorbei, und jetzt hatte sie den Hügel erreicht. Das Präriegras glühte unter ihr auf; sie hatte es nicht weit bis dorthin.

Ich machte mit dem Richter Cool im nächsten September einen Spaziergang. Während der letzten Monate waren wir uns selten begegnet. Einmal trafen wir uns auf dem Platz, und da bat er: »Komm und besuch mich, wann immer du's gerade willst.« Ich hatte das auch vor, aber jedesmal, wenn mich mein

Weg an Miß Bells Pension vorbeiführte, schlug ich eine andere Richtung ein.

Ich habe gelesen, daß Vergangenheit und Zukunft eine Spirale seien, ein Umlauf enthalte den nächsten und sage das mit ihm Geplante voraus. Vielleicht ist es so; aber mein eigenes Leben schien mir mehr eine Folge von in sich geschlossenen Kreisen zu sein, von Ringen, die sich nicht mit der Freiheit einer Spirale abwickeln. Mir gelingt es nur durch einen Sprung, von dem einen in den anderen zu kommen, nicht durch den gleitenden Schwung. Was mich erschlafft in dem Übergang, ist die Windstille, die Erwartung vor dem Augenblick, in dem ich weiß, wohin zu springen ist. Nachdem Dolly tot war, streunte ich lange Zeit herum.

Mein einziger Wunsch war, es möglichst gut zu haben. Ich lungerte in Phils Café herum und verdiente mir mein Bier an einem Billardautomaten. Es war nicht erlaubt, mir Bier auszuschenken, aber Phil dachte daran, daß ich früher oder später Verenas Geld erben würde und ihm dadurch ein Hotel ermöglichen könnte. Ich glättete mein Haar mit Brillantine und jagte auf die Tanzvergnügen in anderen Städtchen, leuchtete spät nachts mit der Taschenlampe Mädchen ins Fenster und warf Steinchen gegen die Scheiben. Ich kannte draußen einen Neger, der einen selbstgebrannten Gin verkaufte, den sogenannten ›Gelben Teufel‹. Jedem Autobesitzer machte ich den Hof.

Alles nur darum, weil ich keinen wachen Augenblick im Talbohaus verbringen wollte. Dort war eine unbewegliche, eine stehende Luft. Fremde ergriffen Besitz von der Küche, ein taubenfüßiges farbiges Mädchen sang dort den ganzen Tag mit dem zagen Singsang von Kindern, die sich in einer unheimlichen Umgebung Mut machen wollen. Sie war eine betrübliche Köchin. Sie ließ das Küchen-Geranium eingehen. Ich hatte Verena empfohlen, sie zu dingen. Ich dachte, das würde Catherine wieder zur Arbeit anhalten.

Doch im Gegenteil: Catherine zeigte kein Interesse daran, das neue Mädchen anzulernen. Denn sie hatte sich ganz in ihr Häuschen in ihrem Gemüsegarten zurückgezogen. Das Radio hatte sie mitgenommen, und sie fühlte sich wohl dabei: »Ich habe die Last von mir geworfen, und ich bin angelangt. Ich bin fürs Ausruhen«, brummte sie. Das Ausruhen machte sie fett, ihre Füße schwollen an, sie mußte Schlitze in ihre Schuhe schneiden. Sie ahmte Dollys Lebensgewohnheiten in übertriebener Weise nach, zum Beispiel die Begierde nach Süßigkeiten; der Drugstore lieferte ihr die Mahlzeiten, zwei Viertelliter Eiscreme; Bonbontüten raschelten in ihren Kleidertaschen. Ehe sie dazu zu fett wurde, bestand sie darauf, sich in die Kleider hineinzuquetschen, die Dolly gehört hatten; es war, als wolle sie dadurch der Freundin nahe sein.

Wir besuchten uns nur ausnahmsweise, und ich tat es ungern, denn ich verübelte es ihr, daß sie auf den Verkehr mit mir angewiesen war. Erst ließ ich einen Tag verstreichen, ohne sie zu sehen, dann drei, und endlich eine ganze Woche. Wenn ich nach solchen Pausen wiederkam, bildete ich mir ein, unser Mangel an Gesprächsstoff und ihre kurz angebundene Art seien von ihrer Seite aus vorwurfsvoll gemeint. Ich war noch zu selbstbewußt, um zu erkennen, daß es ihr in Wirklichkeit ganz einerlei war, ob ich kam oder nicht. Eines Nachmittags gab sie mir das zu verstehen. Sie entledigte sich ganz einfach der Wattepolster zwischen ihren Kinnladen. Ohne die Watte waren mir ihre Worte so unverständlich, wie sie es gemeinhin allen anderen waren. Das geschah, als ich gerade nach einer Entschuldigung suchte, um meinen Besuch abzubrechen. Sie hob die Ringe ihres dickbäuchigen Ofens heraus und spuckte die Watte ins Feuer; ihre Wangen fielen sofort ein; und sie sah ganz verhungert aus. Heute nehme ich nicht mehr an, daß das ein Akt der Rache war; es hatte nur den Zweck, mir zu bedeuten, daß ich ihr gegenüber zu nichts verpflichtet sei. Sie zog es vor, das Zukünftige mit niemanden mehr zu teilen.

Manchmal fuhr mich Riley herum, aber ich konnte auf ihn und seinen Wagen nicht fest rechnen. Seit er ein Geschäftsmann geworden war, stand er einem nicht mehr zur Verfügung. Er hatte einen Zug von Traktoren, die neunzig Acker Land bearbeiteten, die er vor der Stadt erworben hatte; er wollte dort Häuser bauen. Verschiedene Lokalgrößen unserer Stadt waren beeindruckt von einem weiteren seiner Pläne: die Stadt sollte eine Seidenfabrik errichten, an der jeder Bürger als Aktionär beteiligt sei. Über den möglichen Gewinn hinaus würde das unsere Einwohnerzahl erhöhen. Anläßlich dieses Vorschlages war ein begeisterter Leitartikel in der Zeitung. Dieser ging so weit zu behaupten, unsere Stadt müsse stolz darauf sein, einen jungen Mann von Riley Hendersons Unternehmungsgeist hervorgebracht zu haben. Er ließ sich einen Schnurrbart wachsen und mietete ein Büro, in dem seine Schwester Elizabeth als seine Sekretärin arbeitete. Maude Riordan studierte an der Staatsuniversität, und beinahe jedes Wochenende fuhr er seine Schwestern hinüber; man vermutete, er täte das, weil die Mädchen sich ohne Maude einsam fühlten. Der ›Courier‹ kündigte die Verlobung von Miß Maude Riordan mit Mr. Riley Henderson unter den Aprilscherzen an.

Mitte Juni tauschten sie vor dem Altar die Ringe; ich agierte als Zeremonienmeister, und der Richter

Cool war Rileys Trauzeuge. Alle Brautjungfern, mit Ausnahme von Rileys Schwestern, waren Mädchen aus der Gesellschaft, die Maude auf der Universität kennengelernt hatte. Der ›Courier‹ nannte sie in einem ritterlich geschriebenen Artikel wunderschöne Debütantinnen. Die Braut trug ein Bukett aus Jasmin und Flieder im Arm; der Bräutigam trug Gamaschen und zwirbelte seinen Schnurrbart. Sie hatten einen mit prächtigen Hochzeitsgeschenken beladenen Tisch. Ich schenkte ihnen sechs Stück parfümierter Seife und einen Aschenbecher.

Nach der Hochzeit wanderte ich mit Verena im Schatten ihres schwarzen Sonnenschirmes nach Hause. Es war ein glühender Tag, Hitzwellen vibrierten durch die Luft wie die Schallwellen der berühmten Glocken der Baptistenkirche, und der Rest des Sommers, eine Aussicht, starr und gerade wie die nachmittägliche Straße, dehnte sich vor mir. Sommer, ein zweiter Herbst, wieder ein Winter – keine Spirale, aber ein Kreis, wie der Schatten des Schirmes, mit dem Zirkel geschlagen. Ob ich jemals den Sprung wagen würde? Mit Herzklopfen tat ich ihn. »Verena, ich möchte fortgehen.«

Wir standen an der Gartentür. »Ich weiß. Ich möchte es auch«, sagte sie und schloß ihren Schirm. »Ich hatte gehofft, mit Dolly eine Reise zu machen. Ich wollte ihr das Meer zeigen.« Verena hatte durch ihre selbstbewußte Haltung immer als hochgewachsene Frau gewirkt. Nun aber ging sie leicht gebeugt, und ihr Kopf nickte. Ich wunderte mich, daß ich jemals hatte Angst vor ihr haben können, denn nun war sie weiblich geworden, sie sprach von Einbrechern, verrammelte ihre Türen mit Schlössern und bespickte ihr Dach mit Blitzableitern. Sie hatte die Gewohnheit gehabt, jeden Monat herumzupirschen, um persönlich die verschiedenen Außenstände, die man ihr schuldete, einzutreiben; als sie mit diesem Brauch aufhörte, war die Stadt beunruhigt, die Leute fühlten sich nicht wohl ohne diese Gewittergefahr. Die Frauen meinten: Sie hat eben keine Familie, sie ist verloren ohne ihre Schwester; die Männer gaben Doktor Morris Ritz die Schuld. Er hat ihr die ›Grütze geklaut‹, witzelten sie, und, wenn sie sich vorher auch ständig mit Verena gestritten hatten, das sprach gegen ihn. Drei Jahre später, als ich in die Stadt zurückkehrte, war es meine erste Aufgabe, die Papiere des Talbobesitzes zu ordnen, und unter Verenas persönlichen Sachen, ihren Schlüsseln, ihren Bildchen von Maudie Laura Murphy fand ich eine Postkarte. Das Datum lag zwei Monate nach Dollys Tod, um Weihnachten herum also, und sie war aus Paraguay: »Wie wir hier drunten sagen, Frohe Weihnacht. Vermißt Du mich? Morris.« Als ich das las, dachte ich daran, daß von damals ab in ihren Augen ein unsicherer Glanz gewesen war; ich erinnerte mich ihres qualvollen, nach innen gerichteten Blickes, und wie ihre Augen, die durch das aufdringliche Licht an Rileys Hochzeitstag geträ̈nt hatten, durch eine plötzliche Hoffnung zuversichtlicher schauten: »Es könnte eine lange Reise werden. Ich habe erwogen, ob ich einiges verkaufen soll – einigen Besitz. Wir könnten eine Schiffsreise machen. Du hast das Meer noch nie gesehen.« Ich riß einen Zweig mit Honigblüten von dem Wein an unserer Gartentür ab, und sie sah mir zu, wie ich ihn zerrupfte, als ob ich das Traumgespinst der Reise, die sie für uns plante, zerstören wollte. »Oh«, sie strich über das Muttermal, das ihre Wange sprenkelte wie eine Träne. »Nun ja«, bemerkte sie dann in sachlichem Ton ,»was sind deine Absichten?«

Es wurde September, ehe ich bei dem Richter vorsprach, und das tat ich nur, um ihm Lebewohl zu sagen. Die Koffer waren gepackt. Amos Legrand hatte mir das Haar geschnitten. (»Liebling, daß du mir nicht kahlköpfig wieder nach Hause kommst. Ich meine, sie werden dich dort skalpieren und dich übers Ohr hauen, soweit sie irgend können.«) Ich hatte einen neuen Anzug an und neue Schuhe und einen grauen Filzhut. (»Bist ja geschniegelt und gebügelt, Mr. Collin Fenwick!« rief Mrs. County aus. »Advokat willst du werden? Und bist schon genau so angezogen? Nein, Kind, ich gebe dir keinen Kuß.

Ich wäre außer mir, wenn ich deine Pracht mit meinem Backstubendreck besudelte. Aber schreib uns, hörst du?«) Am Abend dieses Tages schon schaukelte der Zug mit mir nach Norden und ließ mich die Parade des Landes abnehmen bis zu jener Stadt, in der zu meinen Ehren Wimpel flatterten.

Bei Miß Bell sagten sie mir, der Richter sei ausgegangen. Ich fand ihn auf dem Stadtplatz, und es gab mir einen Stich, als ich ihn erblickte: seine adrett gekleidete, kräftige Gestalt mit der weißen Rose, die sein Knopfloch schmückte, unter den alten Männern, die da saßen, schwatzten, spuckten und warteten. Er nahm meinen Arm und führte mich fort von ihnen; und während er mich aus den eigenen Erfahrungen seiner Studienzeit freundschaftlich beriet, schlenderten wir bis hinter die Kirche und dann die Straße entlang, die zu den Flußwäldern führte. Jene Straße, jener Baum – ich schloß die Augen, um sie meinem Geist einzuprägen, denn ich glaubte nicht daran, daß ich jemals zurückkehren würde; ich sah nicht voraus, daß ich immer auf dieser Straße wandern, immer von diesem Baum träumen würde, bis sie mich endlich zurückholten.

Es war, als ob keiner von uns sich dessen bewußt war, was wir im Sinn hatten. Mit stillem Staunen überblickten wir das Land von dem Friedhofshügel aus, und Arm in Arm stiegen wir hinab zu dem sommerverbrannten, herbstlodernden Grasfeld. Ein Katarakt von Farben stürzte sich durch die trockenen, sausenden Halme. Und da wünschte ich mir, daß der Richter wüßte, was Dolly mir einst erzählt hatte: Dieses, die Grasharfe war es, die alles bewahrte, die alles erzählte, die Harfe der Stimmen, die uns alles ins Gedächtnis zurückrief. Wir lauschten.

Amerikanische Literatur
in der edition suhrkamp und
den suhrkamp taschenbüchern

Walter Abish: Das ist kein Zufall. Erzählungen. Aus dem Amerikanischen von Friedrich Königsdorfer, Jürg Laederach und Carl Peter Maurenbrecher. st 1371
– Quer durch das große Nichts. Aus dem Amerikanischen von Jürg Laederach. es 1163
– Wie deutsch ist es. Roman. Aus dem Amerikanischen übersetzt von Renate Hampke. st 1135
Djuna Barnes: Ryder. Aus dem Amerikanischen von Henriette Beese. Mit elf Zeichnungen der Autorin. st 1638
Frederick Barthelme: Koloraturen. Erzählungen. Aus dem Amerikanischen von Jürg Laederach. st 1749
– Leuchtspur. Roman. Aus dem Amerikanischen von Jürg Laederach. st 1631
– Moon de luxe. Erzählungen. Aus dem Amerikanischen von Jürg Laederach. st 1503
Sylvia Beach: Shakespeare and Company. Ein Buchladen in Paris. Aus dem Amerikanischen von Lilly v. Sauter. st 823
Ambrose Bierce: Das Spukhaus. Gespenstergeschichten. Deutsch von Gisela Günther, Anneliese Strauß und K. B. Leder. PhB 6. st 365
Michael Brodsky: Der Tatbestand und seine Hülle. Erzählung. Aus dem Amerikanischen von Jürg Laederach. es 1114
James M. Cain: Serenade in Mexiko. Roman. Aus dem Amerikanischen von Ernst Weiß. st 1164
Truman Capote: Die Grasharfe. Roman. Aus dem Amerikanischen von Annemarie Seidel und Friedrich Podzus. st 1796
Jonathan Carroll: Die panische Hand. Phantastische Erzählungen. Aus dem Amerikanischen von Franz Rottensteiner. PhB 233. st 1635
– Schlaf in den Flammen. Roman. PhB 252. st 1742
– Die Stimme unseres Schattens. Roman. Aus dem Amerikanischen von Rudolf Hermstein. PhB 222. st 1587
– Das Tal der Träume. Roman. Aus dem Amerikanischen von Rudolf Hermstein. PhB 197. st 1442
August Derleth: Auf Cthulhus Spur. Phantastischer Roman. Aus dem Amerikanischen von Rudolf Hermstein. PhB 211. st 1526
Philip K. Dick: UBIK. Science-fiction-Roman. Mit einem Nachwort von Stanisław Lem. Aus dem Amerikanischen von Renate Laux. PhB 15. st 440
Raymond Federman: Eine Liebesgeschichte oder sowas. Roman. Aus dem Amerikanischen von Peter Torberg unter Mitarbeit von Ingrid Werner. st 1788

105/1/10.90

Amerikanische Literatur in der edition suhrkamp und den suhrkamp taschenbüchern

John Gardner: Grendel. Phantastischer Roman. Aus dem Amerikanischen von Andreas Vollstädt. PhB 227. st 1611

Paul Goodman: Die Tatsachen des Lebens. Ausgewählte Schriften und Essays. es 1359

John Hawkes: Abenteuer unter den Pelzhändlern in Alaska. Roman. Aus dem Amerikanischen von Werner Schmitz. st 1796

– Travestie. Aus dem Amerikanischen von Jürg Laederach. es 1326

John Knowles: In diesem Land. Roman. Aus dem Amerikanischen von Uwe Johnson. st 1476

C. M. Kornbluth: Der Altar um Mitternacht. Science-fiction-Geschichten. Aus dem Amerikanischen von Franz Rottensteiner. PhB 189. st 1359

– Der Gedankenwurm. Phantastische Erzählungen. Aus dem Amerikanischen von Franz Rottensteiner. PhB 195. st 1434

William Least Heat Moon: Blue Highways. Eine Reise in Amerika. Roman. Aus dem Amerikanischen von Dieter Hildebrandt. st 1621

Jack London: Phantastische Erzählungen. Herausgegeben von Olaf R. Spittel. Aus dem Amerikanischen von Edith Boldt, Edda Fensch, Ingo Schwarz und Sabine Thieme. PhB 243. st 1675

Howard Phillips Lovecraft: Azathoth. Vermischte Schriften. Ausgewählt von Kalju Kirde. Aus dem Amerikanischen von Franz Rottensteiner. PhB 230. st 1627

– Berge des Wahnsinns. Eine Horrorgeschichte. Deutsch von Rudolf Hermstein. PhB 258. st 1780

– Cthulhu. Geistergeschichten. Deutsch von H.C. Artmann. Vorwort von Giorgio Manganelli. Übersetzung des Vorworts von Gerald Bissinger. PhB 19. st 29

– Das Ding auf der Schwelle. Unheimliche Geschichten. Mit einem Nachwort von Kalju Kirde. Deutsch von Rudolf Hermstein. PhB 2. st 357

– Der Fall Charles Dexter Ward. Eine Horrorgeschichte. Deutsch von Rudolf Hermstein. PhB 260. st 1782

– Der Flüsterer im Dunkeln. Eine Horrorgeschichte. Deutsch von Rudolf Hermstein. PhB 259. st 1781

– Das Grauen im Museum und andere Erzählungen. Ausgewählt von Kalju Kirde. Aus dem Amerikanischen von Rudolf Hermstein. PhB 136. st 1067

– In der Gruft und andere makabre Erzählungen. Deutsch von Michael Walter. PhB 71. st 779

105/2/10.90

Amerikanische Literatur in der edition suhrkamp und den suhrkamp taschenbüchern

Howard Phillips Lovecraft: Die Katzen von Ulthar und andere Erzählungen. Herausgegeben von Kalju Kirde. Deutsch von Michael Walter. PhB 43. st 625

– Lovecraft-Lesebuch. Herausgegeben von Franz Rottensteiner. Mit einem Essay von Barton Levi St. Armand. PhB 184. st 1306

– Schatten über Innsmouth. Eine Horrorgeschichte. Deutsch von Rudolf Hermstein. PhB 261. st 1783

– Stadt ohne Namen. Horrorgeschichten. Mit einem Nachwort von Dirk W. Mosig. Deutsch von Charlotte Gräfin von Klinckowstroem. PhB 52. st 694

Howard Phillips Lovecraft / August Derleth: Die dunkle Brüderschaft. Unheimliche Geschichten. Aus dem Amerikanischen von Franz Rottensteiner. PhB 173. st 1256

Über H. P. Lovecraft. Herausgegeben von Franz Rottensteiner. PhB 130. st 1027

Dan McCall: Jack der Bär. Roman. Aus dem Amerikanischen von Harry Rowohlt. st 699

Russell McCormmach: Nachtgedanken eines klassischen Physikers. Aus dem Amerikanischen übertragen von Susanne Hoppmann-Löwenthal. st 1718

Grace Paley: Die kleinen Störungen der Menschheit. Geschichten vom Lieben. Aus dem Amerikanischen von Hanna Muschg. st 1091

– Später am selben Tag. Erzählungen. Aus dem Amerikanischen von Marianne Frisch, Jürg Laederach und Hanna Muschg. st 1662

– Ungeheure Veränderungen in letzter Minute. Geschichten. Aus dem Amerikanischen von Marianne Frisch, Jürg Laederach, Hanna Muschg. es 1208

Walker Percy: Der Idiot des Südens. Roman. Deutsch von Peter Handke. st 1531

– Lancelot. Roman. Aus dem Amerikanischen von Gisela Stege. st 1391

– Liebe in Ruinen. Die Abenteuer eines schlechten Katholiken kurz vor dem Ende der Welt. Aus dem Amerikanischen von Hanna Muschg. st 614

J. J. Phillips: Mojo Hand. Eine orphische Geschichte. Aus dem Amerikanischen von Barbara Henninges. es 1574

Padgett Powell: Edisto. Roman. Aus dem Amerikanischen von Harry Rowohlt. es 1332

– Eine Frau mit Namen Drown. Roman. Aus dem Amerikanischen von Harry Rowohlt. es 1516

105/3/10.90

Amerikanische Literatur
in der edition suhrkamp und
den suhrkamp taschenbüchern

Reynolds Price: Ein langes glückliches Leben. Roman. Aus dem Amerikanischen übersetzt von Margaret Sander. st 1397

Adrienne Rich: Um die Freiheit schreiben. Beiträge zur Frauenbewegung. Aus dem Amerikanischen von Barbara von Bechtolsheim. es 1583

Clark Ashton Smith: Das Haupt der Medusa. Phantastische Erzählungen. Ausgewählt von Kalju Kirde. Aus dem Amerikanischen von Friedrich Polakovics. PhB 221. st 1575

Edith Wharton: Gespenstergeschichten. Aus dem Amerikanischen von Andreas Vollstädt. PhB 268. st 1806

Henry S. Whitehead: Der Zombie. Und andere westindische Geistergeschichten. Ausgewählt von Kalju Kirde. Deutsch von Friedrich Polakovics. PhB 172. st 1255

Who's sleeping in my brain? Interviews – Kurzgeschichten. Herausgegeben von Judith Ammann. es 1219

John Edgar Wideman: Bruder und Hüter. Aus dem Amerikanischen von Peter Bartelheimer. st 1818

Bernard Wolfe: Limbo. Utopischer Roman. Aus dem Amerikanischen von Renate Schein. PhB 239. st 1659

105/4/10.90

suhrkamp taschenbücher
Eine Auswahl

265/1/8.90

265/2/8.90

265/4/8.90

suhrkamp taschenbücher
Eine Auswahl

Innerhofer: Die großen Wörter. st 563
– Schöne Tage. st 349
Inoue: Die Eiswand. st 551
– Der Stierkampf. st 944
Janker: Zwischen zwei Feuern. st 1251
Johnson: Berliner Sachen. st 249
– Das dritte Buch über Achim. st 169
– Ingrid Babendererde. st 1387
– Karsch und andere Prosa. st 1753
– Mutmassungen über Jakob. st 147
– Eine Reise nach Klagenfurt. st 235
Jonas: Materie, Geist und Schöpfung. st 1580
– Das Prinzip Verantwortung. st 1085
Joyce: Anna Livia Plurabelle. st 751
T. S. Eliots Joyce-Lesebuch. st 1398
Kaminski: Herzflattern. st 1080
– Nächstes Jahr in Jerusalem. st 1519
Kaschnitz: Jennifers Träume. st 1022
– Kein Zauberspruch. st 1310
– Liebesgeschichten. st 1292
Kirchhoff: Mexikanische Novelle. st 1367
– Ohne Eifer, ohne Zorn. st 1301
Koch: Der Prozeß Jesu. st 1362
– See-Leben. st 783
Koeppen: Gesammelte Werke in 6 Bänden. st 1774
– Amerikafahrt. st 802
– Angst. st 1459
– Die elenden Skribenten. st 1008
– Die Mauer schwankt. st 1249
– Tauben im Gras. st 601
– Der Tod in Rom. st 241
– Das Treibhaus. st 78
Kolleritsch: Gedichte. st 1590
Konrád: Der Besucher. st 492
– Der Komplize. st 1220
Kracauer: Die Angestellten. st 13
– Kino. st 126
– Das Ornament der Masse. st 371
Kraus: Aphorismen. st 1318
– Die letz ten Tage der Menschheit. st 1320
– Die Sprache. st 1317
– Die chinesische Mauer. st 1312
– Literatur und Lüge. st 1313
– Sittlichkeit und Kriminalität. st 1311
– Weltgericht I / Weltgericht II. st 1315/1316
Karl-Kraus-Lesebuch. st 1435
Kroetz: Der Mondscheinknecht. st 1039
– Der Mondscheinknecht. Fortsetzung. st 1241
– Stücke I-IV. st 1677-1680
Kühn: Der Himalaya im Wintergarten. st 1026
– Die Kammer des schwarzen Lichts. st 1475
– Und der Sultan von Oman. st 758
Kundera: Das Buch vom Lachen und vom Vergessen. st 868
Laederach: Laederachs 69 Arten den Blues zu spielen. st 1446

265/5/8.90

265/6/8.90

suhrkamp taschenbücher
Eine Auswahl

Sanzara: Die glückliche Hand. st 1184
– Das verlorene Kind. st 910
Schimmang: Das Ende der Berührbarkeit. st 739
– Der schöne Vogel Phönix. st 527
Schivelbusch: Intellektuellendämmerung. st 1121
Schneider, R.: Philipp der Zweite. st 1412
– Dem lebendigen Geist. st 1419
Semprun: Die große Reise. st 744
– Was für ein schöner Sonntag. st 972
– Yves Montand: Das Leben geht weiter. st 1279
– Der zweite Tod des Ramón Mercader. st 564
Shaw: Der Aufstand gegen die Ehe. st 328
– Mensch und Übermensch. st 987
Sloterdijk: Der Zauberbaum. st 1445
Soriano: Das Autogramm. st 1252
Steiner, J.: Auf dem Berge Sinai sitzt der Schneider Kikrikri. st 1572
– Ein Messer für den ehrlichen Finder. st 583
– Das Netz zerreißen. st 1162
Sternberger: Drei Wurzeln der Politik. st 1032
– Herrschaft und Vereinbarung. st 1289
– Die Politik und der Friede. st 1237
Stierlin: Delegation und Familie. st 831
– Eltern und Kinder. st 618
– Das Tun des Einen ist das Tun des Anderen. st 313
Struck: Lieben. st 567
– Die Mutter. st 489
Strugatzki / Strugatzki: Der ferne Regenbogen. PhB 111. st 956
– Die häßlichen Schwäne. PhB 177. st 1275
– Eine Milliarde Jahre vor dem Weltuntergang. PhB 186. st 1338
Tendrjakow: Die Abrechnung. st 965
– Frühlingsspiel. st 1364
Unseld: Der Autor und sein Verleger. st 1204
– Begegnungen mit Hermann Hesse. st 218
– Peter Suhrkamp. st 260
Vargas Llosa: Gespräch in der Kathedrale. st 1015
– Der Hauptmann und sein Frauenbataillon. st 959
– Der Krieg am Ende der Welt. st 1343
– Tante Julia und der Kunstschreiber. st 1520
Wachenfeld: Camparirot. st 1608
Walser, M.: Die Anselm Kristlein Trilogie. st 684
– Brandung. st 1374
– Dorle und Wolf. st 1700
– Ehen in Philippsburg. st 1209
– Ein fliehendes Pferd. st 600
– Halbzeit. st 94
– Jenseits der Liebe. st 525
– Liebeserklärungen. st 1259

265/8/8.90

suhrkamp taschenbücher
Eine Auswahl

Walser, M.: Die Ohrfeige. st 1457
– Das Schwanenhaus. st 800
– Seelenarbeit. st 901
Walser, R.: Der Räuber. st 1112
– Der Spaziergang. st 1105
– Fritz Kochers Aufsätze. st 1101
– Geschwister Tanner. st 1109
– Jakob von Gunten. st 1111
– Seeland. st 1107
– Wenn Schwache sich für stark halten. st 1117
Watts: Der Lauf des Wassers. st 878
– Vom Geist des Zen. st 1288
Weber-Kellermann: Die deutsche Familie. st 185
Weiß, E.: Franziska. st 785
– Der Aristokrat. st 792
– Georg Letham. st 793
– Der Augenzeuge. st 797
Weiss, P.: Das Duell. st 41
– In Gegensätzen denken. st 1582
Wilhelm: Die Wandlung. st 1146
Wilson: Brüchiges Eis. st 1336
Winkler: Das wilde Kärnten. 3 Bde. st 1042-1044
Zeemann: Einübung in Katastrophen. st 565
– Das heimliche Fest. st 1285
Zweig: Brasilien. st 984

265/9/8.90